RÉCONCILIATIONS

RÉCONCILIATIONS

RÉMY RIOUX

DIRECTEUR GÉNÉRAL DE L'AGENCE FRANÇAISE
DE DÉVELOPPEMENT

PRÉFACE DE NGOZI OKONJO-IWEALA

EX-DIRECTRICE GÉNÉRALE

DE LA BANQUE MONDIALE

DEBATS PUBLICS

Retrouvez-nous sur
le site Internet des éditions
Débats Publics :

WWW.DEBATSPUBLICS.COM

SOMMAIRE

Préface

Dr Ngozi Okonjo-Iweala

Ancienne ministre des finances du Nigéria
et directrice générale de la Banque Mondiale,
préside aujourd'hui GAVI, l'alliance pour le vaccin.

Réconciliations. Quand mon ami Rémy Rioux m'a pour la première fois présenté cette idée, quand il a commencé à m'expliquer le sens qu'il lui donne, dans son style si caractéristique, mélange d'enthousiasme et de douceur, de rigueur et d'inspiration, j'ai tout de suite compris qu'il avait touché juste. Ce mot sonne comme une évidence. Œuvrer aux « Réconciliations », c'est très profondément la vocation de toutes celles et de tous ceux qui, comme Rémy et comme moi, ont fait le choix de consacrer leur vie à servir les populations, et d'abord celles des pays du Sud. Réconcilier les personnes et les peuples déchirés par les antagonismes et les conflits, réconcilier les objectifs contradictoires et tous également nobles que servent les politiques publiques, réconcilier la nature et l'homme, la prospérité d'aujourd'hui et le bien-être de demain, les aspirations à l'idéal et la résistance du réel, les aspirations des différentes générations, voilà au fond ce que c'est que de travailler, chaque jour, pour le développement.

Cette théorie de la réconciliation que Rémy Rioux développe avec clarté et qu'il illustre avec beaucoup d'exemples très concrets dans ce livre, j'en éprouve toute la pertinence pour en avoir pratiqué et constaté les bienfaits dans mon action, autant au Nigeria lorsque j'étais ministre des Finances de mon pays qu'à la Banque mondiale dont j'ai été la directrice générale et aujourd'hui comme présidente du conseil d'administration de GAVI, l'alliance du vaccin.

Toutes les fractures que décrit Rémy Rioux, je les ai observées, souvent douloureusement. Nous sommes trop souvent témoins des déchirements du monde, de ses drames indicibles et de ses inhumanités. Je pense particulièrement à ces filles, à nos filles, enlevées il y a cinq ans à leurs familles et traitées en esclaves par Boko Haram. Je pense aux tensions identitaires qui gangrènent l'Afrique tout comme elles gangrènent l'Europe et la fragmentent de plus en plus. Je pense aux avancées du fanatisme religieux qui abîment des familles et détruisent des vies comme encore récemment en Nouvelle-Zélande et au Sri Lanka. Je pense à la corruption, contre laquelle je me suis battue de toutes mes forces, qui prive les populations les plus pauvres des opportunités et du partage qui leur sont dus. Je pense au climat qui se dérègle sous nos yeux, de jour en jour, alors que les forces de l'aveuglement continuent d'entraver les efforts pour le préserver.

Face à ce désarroi, nous percevons avec force le besoin de prendre du recul, de nous asseoir ensemble et de parler enfin pour trouver un chemin, un nouveau principe d'action et une nouvelle méthode qui nous mèneront vers un humanisme nouveau et plus vaste. Pour cela, nous devons être imaginatifs et volontaires. Ce livre ambitieux nous donne les clés pour y parvenir, en s'appuyant sur ce concept de réconciliation expliqué, illustré et argumenté qui offre une manière de relire nos schémas de pensée et de travail. Cet essai nous fait appréhender le monde dans son entièreté et nous invite aussi à un grand voyage, en Afrique forcément, en Europe évidemment, en Chine aussi pour saisir, là où elles se jouent, les grandes transformations du monde. Il n'occulte aucun sujet, même les plus cli-

vants, jusqu'à aborder la thématique, d'une douloureuse actualité, des migrations.

En lisant ce livre, j'y ai trouvé à la fois une grande hauteur de vue et un vrai cri du cœur – tout à l'image de l'homme qui l'a écrit. J'ai fait la connaissance de Rémy Rioux à l'été 2004 lors de la renégociation de la dette du Nigeria. J'étais alors ministre des Finances et lui travaillait avec le Club de Paris. Sa façon d'appréhender l'Afrique, ce continent multiple et unique, et son engagement au service d'un monde en commun nous ont immédiatement rapprochés. Depuis, nous nous voyons régulièrement, et je l'ai vu avec plaisir prendre des responsabilités croissantes, auprès du ministre des Finances Pierre Moscovici, en tant que secrétaire général adjoint du ministère des Affaires étrangères français auprès de Laurent Fabius, notamment lors de la COP21 où il a joué un rôle essentiel, et depuis quelques années avec un succès très remarqué à la tête de l'Agence française de développement. Ce qui frappe au premier abord lorsque l'on rencontre Rémy, c'est sa pudeur, si perceptible à travers les lignes de ce récit. Vient ensuite son grand sens de l'État, bien sûr : il fait partie de ces hommes et de ces femmes qui ont la chose publique chevillée au corps. Je l'ai vu s'investir en de nombreuses occasions, dans des négociations, des conférences, toujours avec clairvoyance et une haute idée de l'intérêt général, qui lui permettent aujourd'hui de développer une vision renouvelée de l'action de développement – une action qui doit s'appuyer de plus en plus sur les « investissements de développement durable », au-delà de l'aide et dans une logique d'intérêt mutuel. Rémy possède cette bienveillance et cette forme d'intelligence interpersonnelle qui lui permettent de comprendre et de faire émerger des solutions construites et acceptées par tous. Je l'ai vu enchaîner des réunions et emporter l'adhésion de ses interlocuteurs sans jamais se départir de sa voix douce. Son parcours et ses engagements au cœur de la sphère internationale sont un exemple de dévouement que j'admire profondément.

Rémy Rioux est pour moi l'un des meilleurs amis de l'Afrique à Paris, et je forme le vœu que ce livre contribue activement à faire advenir les « réconciliations » dont ce continent et le monde au-delà de lui ont tant besoin aujourd'hui.

Dr Ngozi Okonjo-Iweala

INTRODUCTION

Le troisième D

Tout a changé au XXIe siècle.

Le renforcement de l'interdépendance politique et économique, l'émergence et l'affirmation de nouvelles puissances et d'acteurs transnationaux, la mise en cause du multilatéralisme et la révolution technologique et des usages qu'entraînent le numérique, l'intelligence artificielle et la biologie de synthèse dessinent un monde nouveau, volatil et fragilisé par de nouveaux enjeux et de nouvelles menaces : le changement climatique et les troubles qu'il annonce, l'épuisement des ressources naturelles et de la biodiversité, les grandes pandémies, la fragmentation sociale, l'insécurité, les trafics divers, les migrations incontrôlées. Comme un retour des temps eschatologiques, ceux des causes premières et des fins du monde. Ces temps où les enfants viennent nous dire la vérité.

Ces bouleversements portent le risque d'un immense recul, parce qu'ils remettent en cause en profondeur nos équilibres actuels, nationaux et internationaux. Mais ils offrent aussi

– c'est la beauté des moments de bascule – une chance unique de reposer la question des inégalités entre les hommes et de la préservation de la planète. La chance de construire un monde plus juste et plus durable.

La tâche de notre génération est de trouver la force et les moyens d'apaiser, de réduire ces fractures, pour construire un monde en commun. Nous avons besoin aujourd'hui d'un nouveau projet de civilisation, d'un nouvel élan et d'un nouveau concept qui, au-delà du monde des idées, soit une action concrète, une méthode, un processus opérationnel, supérieur aux forces de division et de destruction. Pour notre monde en fracturation accélérée, nous devons, en quelque sorte, trouver l'équivalent de ce que fut l'espoir de la Libération pour les fractures de la Seconde Guerre mondiale et de l'Occupation. Ou, dans une moindre mesure, ce que furent la Coopération face au défi de la Décolonisation puis l'aide au développement au début de la seconde mondialisation. Aujourd'hui, le monde ne peut plus se satisfaire de ces mots et de ces instruments du passé. L'époque des donateurs et des bénéficiaires, des rapports unilatéraux et asymétriques est révolue. Place à une époque de dialogue et d'intelligence collective entre partenaires, sur un pied d'égalité. Il faut passer au niveau supérieur de pensée et d'action pour libérer l'indispensable mobilisation collective.

*

* *

Il existe une hiérarchie implicite des outils de l'action collective internationale.

Tout en haut, la Diplomatie avec ses codes, patiemment et utilement élaborés au fil des siècles, règle les rapports bilatéraux et multilatéraux entre les puissances. Immédiatement à ses côtés, quand elle ne tient pas elle-même le premier rôle, la Défense exerce son monopole de la violence légitime, indispensable pour rétablir l'ordre et maintenir la paix.

Mais à l'heure du débat-monde, de la révélation en continu des inégalités et des catastrophes climatiques sur smartphones, des crises identitaires et des violences infra-étatiques, les deux premiers D sont à la peine. La Diplomatie doit réinventer ses méthodes et ses instruments pour bâtir des accords au-delà des gouvernements et a forte tâche pour défendre le multilatéralisme, attaqué de toutes parts. La Défense a compris qu'il n'y avait pas de paix durable sans prospérité économique et sans inclusion sociale et que sécurités extérieure et intérieure allaient de pair, sauf à laisser s'installer trafic et terreur dans leurs interstices. Les deux premiers D ont pris conscience du caractère parfois éphémère des solutions qu'ils apportent – compromis politiques ou cessation des hostilités –, s'ils ne parviennent pas à mobiliser en profondeur les forces économiques et sociales et à s'assurer que cette mobilisation soit juste et durable, pour éviter que ne se renouvellent les crises.

Et si le troisième D, celui du Développement, pouvait apporter ces solutions concrètes et pérennes ? Et si l'espoir venait de cette troisième politique publique – la politique de développement – la plus méconnue, la plus discrète, la plus éloignée du fracas, la plus modeste aussi sans doute parmi les instruments de l'action internationale ? Celle qui apporte, depuis plus de cinquante ans, des financements à des projets au service des populations du Sud. Celle qui est interpellée avec force depuis 2015 et la décision des chefs d'État du monde entier réunis de souscrire à l'immense Agenda 2030 des Objectifs de développement durable (ODD) puis de s'engager dans l'Accord de Paris sur le climat. Celle dont s'est saisi avec détermination et ambition Emmanuel Macron, dès les premiers jours de son mandat. Celle que je sers au quotidien, comme directeur général de l'Agence française de développement, l'AFD.

Les exigences de nos concitoyens, au Nord comme au Sud, sont plus élevées que jamais. Il ne s'agit plus seulement d'assurer un minimum à chacun. Il ne s'agit plus, dans les dérèglements actuels, de soigner et réparer mais de tisser la trame d'un lien social et d'un développement durable à l'échelle de la planète tout entière et dans chacun de ses États. Il ne s'agit plus seulement de faire de bonnes choses mais de bien faire toutes les choses.

La politique de développement apparaît de plus en plus clairement comme la clé d'une action collective renouvelée. À condition qu'elle sache retrouver une ambition et se réinventer.

Initialement baptisée politique de coopération, elle est encore entourée d'un halo de soupçons et d'arrière-pensées. Destinée à maintenir des liens privilégiés avec d'anciennes colonies, devenues jeunes États, l'aide au développement était pareille à une matriochka, avec, en elle, tant d'intentions, avouées ou inavouées : préservation d'intérêts stratégiques, mercantilisme, réparation de l'injustice coloniale et volonté de prolonger une prétendue mission civilisatrice, considérations diplomatiques pour élargir le nombre de nos alliés, pitié ou charité, volonté de porter secours face aux malheurs et aux conflits. Sur le berceau de la coopération puis de l'aide au développement s'étaient penchées à la fois la fée de l'idéalisme qui croyait à la fin de la pauvreté et des conflits, et la sorcière réaliste-pessimiste marquée par la guerre froide et ses luttes d'influence. Au prix du doute et de l'ambiguïté, trop souvent.

Le renouvellement a commencé au début des années 2000, les années Sida et celles de la toute première prise de conscience universelle d'un bien commun, la santé mondiale. Les huit objectifs du Millénaire pour le développement (OMD) des Nations unies, filet de sécurité sociale minimal pour les populations pauvres des pays en développement, ont donné une première formulation du nouveau monde, qu'il semblait alors encore possible d'atteindre pour peu que l'aide publique au développement provenant des pays développés atteignît bien les 0,7 % de leurs revenus nationaux. La grande crise de 2008 et ses conséquences politiques et sociales sont hélas venues balayer cet espoir.

Le renouvellement de la politique de développement a repris en 2015 avec l'adoption par l'ONU des dix-sept Objectifs de développement durable (ODD), révolution dont on commence seulement à mesurer les conséquences, avec l'ambition inouïe de réaliser le potentiel humain de chaque habitant présent et futur de la planète, la volonté d'équilibrer les trois dimensions, économique, sociale et environnementale, du développement durable, et l'appel à bâtir des coalitions à toutes les échelles, du local au global, de l'individuel au collectif pour protéger nos biens communs.

Ce changement radical de vision, dont l'Accord de Paris sur le climat fut la première et éclatante manifestation, fixe aux politiques de développement un cadre d'action résolument nouveau et constitue un défi colossal pour les institutions existantes. Les ODD s'appliquent pour la première fois avec la même validité à tous les pays du monde, qui doivent tous prendre le chemin d'un monde durable en définissant leurs propres trajectoires. Les ODD ne se limitent pas à quelques priorités mais portent sur la totalité des secteurs (santé, éducation, travail décent, inégalités et promotion des femmes, transparence et justice des institutions, etc.). Par leur exhaustivité, ils appellent à une territorialisation des politiques publiques, à tous les niveaux d'action : mondial et national bien sûr, mais aussi régional et local, qu'il s'agit de relier et de mobiliser conjointement pour accélérer la transition vers des modèles de société durables, en s'assurant de la participation de chaque acteur – organes publics, ONG, citoyens, entreprises – à cette transformation globale. Excusez du peu !

*

*   *

Pour faire face à notre époque si dure, si violente, nous devons relever le défi des ODD et travailler à une réponse forte et généreuse, respectueuse et collective. Et opposer à la fracturation un concept aussi fort et agissant qu'elle.

J'ai choisi le mot « réconciliations » pour tenter de fixer cette ambition, dire l'objectif ultime des ODD et de la politique de développement, et signaler l'urgence – oui, nous sommes fâchés, gravement même, divisés de tant de manières, et nous devons l'assumer et refuser tout consensus mou et provisoire. « Réconciliations » au pluriel, pour marquer l'ampleur et la diversité de notre tâche.

Avec la recherche des réconciliations comme méthode et comme viatique, serons-nous de taille à répondre aux tensions et aux divisions de notre temps ? La Libération en 1945 n'était pas une période irénique. La disparition de l'apartheid voulue par Mandela a été très violente. Notre époque de compétition forcenée, de confrontation de tous avec tous, d'individualisme roi et d'urgence planétaire ne l'est pas moins.

Faire de la réconciliation notre guide doit permettre de dépasser enfin les clivages Nord/Sud ou entre pays soi-disant développés et pays dits en développement, et de parler de façon claire des inégalités et des transitions. La réconciliation substitue à l'affrontement l'analyse, le débat puis l'action et permet de sortir d'une vision binaire de l'histoire. Elle surpasse le compromis et l'entre-deux, le jeu à somme nulle, pour construire une dynamique, une dialectique qui gagne en compréhension, en clarté, où l'un se met à la place de l'autre et inversement, et surtout où l'on élargit son identité, qui est toujours une construction et jamais une donnée définitive. Elle remplace le rapport de force, la domination, l'impérialisme par de nouveaux rapports de non-domination, qui mettent en avant l'apport de la minorité, de l'autre, révélant la force des sans-voix. Elle suppose que chacun assume ses intérêts et les défende. Elle n'est pas l'élément douteux d'une politique d'influence, mais un engagement véritable impliquant de prendre en charge une partie du fardeau et de changer le réel.

Réconcilier, c'est au fond le mandat que nous avons reçu en 2015, singulièrement les agences de développement. Et c'est, pour moi, le sens même de l'action publique, celle que j'ai choisie, il y a trente ans, de servir, par l'étude de l'histoire, par l'administration de plusieurs grandes politiques nationales à la Cour des comptes, au ministère de l'Intérieur et au ministère des Finances, et par l'engagement international pour la lutte contre le changement climatique et le développement du Sud au ministère des Affaires étrangères et aujourd'hui à l'AFD. C'est cette expérience que je veux aussi partager avec vous dans ce livre, modestement, en tirant quelques enseignements d'un parcours personnel de vingt ans.

Comment y parvenir ? Partons ensemble pour un voyage en réconciliations.

Prenons d'abord la mesure de nos fractures : guerre et paix, développement économique et préservation de la planète, migrations contraintes et mobilités souhaitées, accentuation des inégalités et lien social (chapitre I). La négociation de l'Accord de Paris sur le climat nous a montré la possibilité d'une réconciliation (chapitre II), et il en existe beaucoup d'autres illustrations sur tous les continents (chapitre III). La réconciliation est un savoir-faire, un métier ; elle requiert une méthode, inspirée de celle de l'AFD (chapitre IV). Elle nécessite de mobiliser une forme de financement nouvelle – l'investissement de développement durable (IDD) –, et des institutions pour réorienter les flux financiers et les acteurs vers le climat et les ODD (chapitre V). Je suis persuadé qu'un grand récit de la réconciliation peut renouveler l'Europe, consolider son unité et faire progresser la cause d'une souveraineté européenne (chapitre VI). Et nous avons, comme toujours, beaucoup à apprendre de l'Afrique, territoire privilégié des réconciliations, où les fractures s'expriment avec une force et une acuité extrêmes mais où résident l'espoir du monde, l'épicentre des plus grands risques et des plus grandes opportunités (chapitre VII). La réconciliation trouve un champ d'application extrême avec les migrations, la fracture sûrement la plus visible et la plus actuelle (chapitre VIII). Enfin, l'engagement réussi de la Chine, dans le contexte global de l'entrée des puissances émergentes dans le jeu collectif, constitue une condition de succès essentielle des réconciliations actuelles et à venir (chapitre IX).

CHAPITRE I

Un monde en fracturation généralisée

Le monde d'aujourd'hui semble rejouer, en pire, celui de 2002. À cette époque, nous croyions encore aux thèses de Fukuyama : les conflits attisés par l'affrontement Est-Ouest s'étaient apaisés ; la plupart des États s'étaient convertis à l'économie de marché, où individualisme et cohésion sociale semblaient pouvoir aller de pair ; le multipartisme s'était renforcé ; le renversement de l'apartheid avait marqué la fin symbolique de l'ère coloniale. Et pourtant, le monde se fissurait déjà comme le montraient l'Afghanistan et l'engrenage post-11 Septembre dont le Moyen-Orient ne s'est toujours pas relevé, la désillusion financière après l'éclatement de la bulle internet bientôt suivie de la crise de 2008, la première alerte environnementale capturée dans le grand discours du président Chirac au Cap, enfin, en France comme ailleurs, la révélation le 21 avril 2002 du grand schisme entre les partisans de la fermeture et ceux de l'ouverture, entre protégés et exposés, entre territoires connectés et territoires relégués.

Ces lignes de faille ébranlent toujours le monde actuel ; elles sont plus profondes et plus destructrices encore. Comme une vitre dont les brisures s'étendraient inexorablement, sous l'effet d'impacts répétés depuis vingt ans. À l'été 2018, j'ai été frappé par l'émotion qui a touché l'opinion mondiale à l'annonce de la mort de Kofi Annan, comme si, dans nos impasses actuelles, nous recherchions dans cette haute figure des années 2000 le courage et la force d'idéalisme qui nous manquent aujourd'hui. Kofi Annan s'opposa à George W. Bush et à sa guerre contre le terrorisme, conduite au mépris des droits de l'homme et de l'État de droit. Il fut l'homme des objectifs du Millénaire pour le développement, prélude des Objectifs de développement durable. Incarnation de l'universalisme, premier Africain à diriger l'ONU, il fut aussi le héros tragique de l'échec du multilatéralisme, pris dans l'engrenage de la guerre en Irak puis incapable d'arrêter la fragmentation suicidaire de la Syrie en 2012.

Partout où nous portons notre regard, nous voyons un monde en fracturation généralisée, où dans chaque domaine des forces aux intérêts contraires s'opposent : la guerre contre la paix, la recherche d'une croissance effrénée contre la préservation de l'environnement, les contraintes macroéconomiques de l'endettement contre les besoins en investissement, l'émergence et l'accroissement des inégalités sociales, les aspirations à la mobilité et la peur des migrants, le droit international contre les égoïsmes nationaux. Ces tensions sont rendues plus aiguës encore par le poids d'un passé qui, au Sud, porte encore son ombre sur notre présent, sans que nous en ayons suffisamment conscience au Nord. Avec une donnée nouvelle, partout : l'urgence, alors que les effets de ces fractures s'aggravent de manière exponentielle, comme se nourrissant les uns des autres.

La fracture politique : reprise et mutation des conflits

La fracturation est d'abord politique. Si le monde a vécu depuis la chute du mur de Berlin et la fin de la guerre froide avec l'espoir d'une réduction durable des violences sur la planète, il est aujourd'hui manifeste que la conflictualité n'a pas cessé et que ses formes se renouvellent. Il y a quinze ans, nous disions avec admiration que l'Afrique était le seul continent où il n'existait pas de menace terroriste ; en 2016, Boko Haram enlevait près de 2 000 enfants nigérians. Le nombre de guerres entre États continue de reculer par rapport au début des années 1990, mais les conflits internes, les zones de tension, de vulnérabilité et de crise s'accroissent. Une personne sur quatre, soit plus de 1,5 milliard d'êtres humains, vit désormais dans un État fragile, dans un pays touché directement par un conflit ou dans une zone où sévit une criminalité organisée de grande ampleur, sans même parler de la violence civile des Amériques et des risques terroristes en Europe. Depuis vingt ans, l'augmentation de la durée moyenne des conflits armés rend leurs effets plus dévastateurs encore, notamment pour les femmes et les enfants. Ces derniers n'ont jamais été aussi vulnérables qu'aujourd'hui : 16 millions de mineurs souffrent de la guerre ; au Moyen-Orient, deux enfants sur cinq vivent dans une zone à risque.

On sait l'impact des situations de conflits sur les possibilités de développement des populations, du fait des pertes en vie humaine et des destructions. On connaît aussi le lien direct et mécanique entre conflit et pauvreté : le taux de pauvreté d'un pays qui est le théâtre de violences prolongées est supérieur de 20 points à la moyenne. Un pays qui progresse sur la voie du développement perd 0,7 point de PIB par an chaque fois qu'un pays voisin est en conflit. Globalement, les dommages causés par un conflit civil majeur représentent trente années de croissance du PIB, et un pays met plus de vingt ans à recouvrer les niveaux d'échanges qu'il connaissait auparavant.

Face à ces phénomènes, les forces internationales de paix semblent hélas aujourd'hui plus limitées que jamais. Comme l'a magnifiquement écrit Jean-Marie Guéhenno dans son ouvrage *The Fog of Peace*, relatant son expérience de directeur des opérations de maintien de la paix des Nations unies de 2000 à 2008, « les limites du pouvoir national rendent la politique nationale moins pertinente, mais les problèmes mondiaux ne produisent pas de politique mondiale, car le monde est trop hétérogène pour être unifié par une seule conversation. [...] Au moment même où le monde est de moins en moins unifié par des idées, il fait face à des défis de plus en plus globaux, et parfois à des menaces auxquelles l'ordre traditionnel ne peut pas faire face. Un système international fondé sur la souveraineté des États ne peut être maintenu si certains États sont trop faibles pour affirmer leur souveraineté et être les dépositaires de confiance de leur propre peuple. [...] La multiplication des "interventions", du Congo à la Libye, ne doit donc pas être une surprise. L'Organisation des Nations Unies, en tant qu'organisation basée sur l'ordre ancien des États, n'a pas d'autre choix que de tenter de concilier les deux interprétations et de mobiliser les sentiments et les intérêts nationaux au service d'objectifs mondiaux[1] ».

Avec pour conséquences de plus en plus souvent un maintien au pouvoir ou un retour des hommes de force, comme aux Philippines, au Brésil ou aux États-Unis, et un réarme-

1. Jean-Marie Guéhenno, *The Fog of Peace. A Memoir of International Peacekeeping in the 21st Century*, Washington DC, Brookings Institution Press, 2015, p. 316.

ment progressif et unilatéral des États comme des sociétés. Les menaces qui pèsent, en raison du retrait des contributions américaines, sur le financement des opérations de maintien de la paix des Nations unies sont un autre signe du recul de notre capacité collective à réduire ces fractures politiques et de sécurité.

Comment restaurer durablement la paix civile et réconcilier passions locales, nationales et globales ?

La fracture environnementale : choc entre croissance et préservation de la planète

La fracture environnementale est devenue béante. Le rapport Meadows en 1972 sur « les limites à la croissance », fondamental et pourtant ignoré par les économistes *mainstream*, avait déjà dit l'essentiel. Si l'économie poursuit sa trajectoire, le monde est promis à un effondrement, du fait de la raréfaction des ressources naturelles et de l'accroissement de la pollution causée par l'activité humaine. D'après le modèle macroéconomique GEMMES conçu par les équipes de l'AFD, sous la direction de l'économiste Gaël Giraud, ces risques pourraient se réaliser dans la seconde moitié de ce siècle[2]. Ce modèle, l'un des seuls à intégrer le climat dans ses projections, nous adresse deux messages clairs : la croissance économique s'arrêtera si nous laissons le climat se dégrader à l'excès et que nous tardons à agir ; quant au prix du carbone, même élevé, il ne nous dispensera pas d'effectuer rapidement des changements de comportement sans précédent pour réduire notre empreinte écologique.

2. Voir : https://www.afd.fr/fr/gemmes-une-application-pour-comprendre-les-effets-du-changement-climatique-sur-leconomie

Le rapport de l'IPBES, la plateforme de plus de 12 000 scientifiques spécialistes de la biodiversité, est venu nous rappeler en mai 2019 la dégradation forte et accélérée de la biosphère avec deux tiers de nos écosystèmes « perturbés, dégradés ou en rupture de fonctionnement », en raison notamment de 5 millions d'hectares d'exploitation agricole en plus par an, d'un décuplement des volumes de plastique et d'un triplement des voyageurs en vingt ans, ou encore de 15 % de consommation en plus par personne depuis 1980. En conséquence, 40 % des espèces d'insectes dont dépend l'alimentation de l'humanité sont en déclin rapide ; 2 500 conflits sur la planète sont liés à l'accès aux ressources biologiques et 100 défenseurs des écosystèmes et de l'environnement sont tués chaque année, sans oublier que 70 % des flottes de pêches illicites dans le monde et 65 % du soja et du bœuf amazoniens sont financés par des fonds hébergés dans les pays inscrits sur la liste des paradis fiscaux. Ces désordres majeurs supposent, pour être corrigés, de modifier en profondeur les trajectoires actuelles à horizon 2030 et 2050 pour sécuriser la productivité des terres agricoles pour nourrir l'humanité, gérer et protéger les océans pour assurer la production halieutique et les fonctions de régulation climatique, protéger la ressource en eau douce, assurer le développement de villes durables bien insérées dans leurs territoires, et remplacer un développement majoritairement destructeur de la planète par une économie favorable à la nature. La biodiversité est devenue un sujet économique et de développement, interdisciplinaire par excellence.

Plus personne ne croit aujourd'hui aux thèses des plus optimistes, suivant lesquelles la croissance économique créerait spontanément les conditions d'un progrès social et environnemental continu, après une phase transitoire d'accroissement des inégalités. L'empreinte écologique insoutenable des pays développés est en augmentation constante, c'est-à-dire que nos sociétés contractent de plus en plus de dettes vis-à-vis de leurs propres enfants et des autres territoires du monde. Depuis 1980, l'humanité consomme et rejette davantage de ressources que la planète ne peut en régénérer. Si tous, sur terre, nous avions le mode de vie des Américains, ce sont plus de cinq planètes qui nous seraient nécessaires. Trois si toute l'humanité vivait comme les Français, la dette écologique de notre pays ayant plus que doublé en moins de quarante ans.

Nous sommes pris dans un cercle vicieux : l'activité humaine, liée à l'objectif affiché de toujours plus de croissance et d'accumulation de richesses, conduit à un dérèglement environnemental majeur par émissions de gaz à effet de serre, épuisement des ressources naturelles et pollutions, qui provoque en retour catastrophes climatiques, fragilisation des écosystèmes, extinction des espèces, sécheresses, inondations, tempêtes, et, bientôt, appauvrissement. On estime déjà à plus de deux milliards le nombre de personnes gravement affectées par le réchauffement climatique, au point de remettre en cause tous les acquis des politiques de développement. Quant à l'impact économique, les pertes se chiffrent en centaines de milliards de dollars et, selon le Programme des Nations unies pour l'environnement, le coût du réchauffement climatique double tous les dix ans. Et ce sont bien sûr les populations les plus pauvres au plan international comme dans notre pays qui sont les premières victimes des dérèglements des écosystèmes et des injustices qu'ils entraînent.

Si l'on ajoute à ce tableau que les indicateurs alternatifs de développement, de bien-être, de santé sociale et de pression écologique montrent que, sur de longues périodes, la croissance économique ne conduit pas à une augmentation du bien-être mais, depuis vingt ans, fréquemment à sa diminution, il apparaît urgent de changer très rapidement de direction. Si la récession apparaît aussi inévitable que le pic du pétrole, la voie de la raison n'est-elle pas celle d'une rupture avec la religion de la croissance et de la consommation ? Le monde a besoin d'une trajectoire économique durable, rompant avec l'accumulation infinie du capital et la marchandisation du monde. Une telle transformation conduira à des modifications significatives de nos modes de vivre, de consommer et de produire, rendues inévitables par la dégradation de notre environnement, et qui reposeront la question des inégalités. Il faut s'y préparer. Sans cela, nos sociétés, pauvres comme riches, risquent de se déchirer.

Comment définir des trajectoires de développement durable, c'est-à-dire « un développement qui répond aux besoins du présent sans compromettre la capacité des générations futures à répondre aux leurs » (Gro Harlem Brundtland), et ainsi réconcilier les hommes et la planète ?

La fracture financière : surendettement et urgence des investissements durables

Dans le domaine financier, le choc des contraires est particulièrement spectaculaire. À une épargne mondiale très abondante, à des taux aujourd'hui incroyablement favorables pour les emprunteurs, s'opposent un volume d'investissements gravement insuffisant et inadéquat, des États surendettés et des économies du Sud massivement sous-financées, en Afrique en particulier. Sans oublier une menace d'instabilité constante, défaillance que la crise de 2008 a révélée. Les crises financières se succèdent – asiatique en 1997-1998, argentine en 2001, technologique en 2002, occidentale en 2008, américaine bientôt peut-être. L'endettement total dans le monde

– États, ménages, entreprises – s'élève aujourd'hui à plus de 180 000 milliards de dollars, soit une augmentation de 45 % en dix ans et 225 % du PIB mondial, un record en temps de paix. Les économies émergentes suivent la voie des pays de l'OCDE : la Chine a quintuplé sa dette en dix ans (plus de 250 % du PIB fin 2018). Avec le risque, à terme, d'une hausse de l'inflation, qui pèserait lourdement sur les populations les plus pauvres.

Au même moment, les besoins des populations du Sud de disposer d'infrastructures de base sont criants, tout comme ceux nécessaires pour réussir la transition énergétique. Comme nous l'avions établi avec Tidjane Thiam en 2011, dans un rapport qui lui avait été confié par la présidence française du G20 et dont j'avais assuré la supervision, on estime aujourd'hui que le montant annuel des investissements dans les infrastructures – de l'ordre de 2,5 trillions de dollars – devrait être augmenté d'un trillion pour simplement répondre aux besoins de la croissance mondiale et être triplé pour atteindre les ODD en 2030. La situation est d'autant plus préoccupante que les taux d'investissement ont décliné depuis la crise de 2008 dans de nombreux pays, dans les désordres introduits par la crise financière et faute d'avoir encore trouvé règles, véhicules et projets en nombre suffisant pour conduire les investisseurs privés à prendre ces risques massivement.

À la mauvaise allocation de l'épargne mondiale s'ajoutent les répercussions de plus en plus fortes des crises financières sur les économies des pays du Sud, confrontés à la volatilité des flux financiers, liés notamment à la spéculation sur les matières premières. Sans oublier les mouvements de capitaux illicites, qui n'auraient pas diminué malgré le plaidoyer de plus en plus fort pour leur contrôle. Ils auraient même augmenté de près de 9 % par an dans la dernière décennie, une hausse nettement supérieure à celle de la croissance économique mondiale.

Dans un monde où tous les secteurs de l'activité sont interdépendants, les déséquilibres financiers et environnementaux sont liés, ainsi qu'aux déséquilibres sociaux. Il est essentiel de trouver une voie pour les penser et les traiter simultanément et conjointement.

Comment faire naître une nouvelle civilité financière et réconcilier le court et le long terme pour une meilleure allocation des investissements ?

La fracture sociale : l'accroissement explosif des inégalités

La pauvreté reste alarmante : malgré les progrès majeurs accomplis depuis trente ans, il existe encore 800 millions de personnes vivant sous le seuil d'extrême pauvreté dans le monde. Surtout, depuis les années 1980 les inégalités s'accroissent tous azimuts entre les pays les plus pauvres et les pays les plus riches, mais aussi à l'intérieur des pays riches comme des pays pauvres et émergents. Sans oublier les conflits croissants entre générations sur le partage des richesses et la gestion des retraites.

Pendant les deux dernières décennies, l'écart s'est creusé entre riches et pauvres dans plus de trois pays de l'OCDE sur quatre. Et les 1 % les plus riches ont capté 27 % de la richesse produite et profité deux fois plus de la croissance des revenus que les 50 % les plus pauvres, alors que les revenus des classes intermédiaires ont soit stagné, soit baissé. Les Américains les plus riches le sont deux fois plus qu'en 1980, entraînant un immense inconfort des classes moyennes, résolues désormais à défendre leurs intérêts et tentées par le repli. L'indicateur des inégalités – le coefficient de Gini – s'est également envolé dans certains pays émergents, comme l'Inde. Il est au plus haut en Afrique australe et en Amérique latine. Dans cette dernière région, où le niveau de revenu est partout relativement élevé et où les conditions de vie se sont améliorées, les records mondiaux d'inégalité sont battus, faute notamment de mécanismes publics de redistribution. Car, dans le moment même où les pays devenaient plus riches, les gouvernements sont devenus plus pauvres : dans la plupart des pays riches, le patrimoine public – c'est-à-dire l'ensemble des actifs publics net des dettes – est devenu négatif. C'est le cas aux États-Unis ou au Japon et il est à peine positif en France et en Allemagne. Le surendettement public est de retour, réduisant d'autant nos capacités à redistribuer les richesses.

La corruption, les activités criminelles et l'évasion fiscale pratiquées par de nombreuses grandes multinationales s'ajoutent à cette panne de la redistribution, minant le lien social et empêchant trop souvent les populations des pays riches en ressources naturelles de tirer profit des revenus que génère leur exploitation. Dans ce groupe de pays, 1,5 milliard de personnes ont encore moins de 2 dollars par jour pour vivre.

L'avenir qui se dessine serait donc un « horizon d'inégalité ». Et les femmes sont, quel que soit le pays, les plus touchées par la pauvreté : en 2012, 70 % des personnes vivant avec moins de 1 dollar par jour sont des femmes. Les inégalités face au travail et un accès insuffisant aux ressources et aux différentes formes de capital (humain, physique, financier, social, etc.) sont pour une large part à l'origine de cette pauvreté féminine. Les femmes sont discriminées à chaque étape de leur vie et dans chaque domaine : l'école, la santé, le travail, la mobilité. Les taux de participation des femmes à la population active sont partout plus faibles que ceux des hommes, en particulier en Asie du Sud, en Afrique du Nord et au Moyen-Orient. Les femmes effectuent les deux tiers des heures de travail, produisent plus de la moitié des aliments, mais ne gagnent que 10 % du revenu total et possèdent moins de 2 % des terres. Partout, y compris en Europe, le chômage, la précarité, la pauvreté, le travail non qualifié et à temps partiel touchent de façon disproportionnée les femmes. L'idée qu'il est moins « utile » que les filles soient scolarisées reste ancrée dans de trop nombreuses sociétés au point qu'une fille de 11 à 15 ans sur quatre est déscolarisée dans le monde.

Riches contre pauvres, rentiers contre salariés, salariés protégés contre salariés précaires, travailleurs qualifiés contre non qualifiés, femmes et jeunes discriminés : nos sociétés sont toujours plus fragmentées.

Comment prendre soin des plus pauvres, réduire les inégalités, renforcer le lien social et réconcilier nos sociétés ?

Dans un contexte, ne l'oublions jamais, où la pression démographique vient encore accroître ces tensions sociales et peser sur les équilibres environnementaux. Rappelons juste ici que la population mondiale a doublé depuis le début des années 1970 et que les projections de l'ONU évoquent désormais, malgré une nette évolution à la baisse du taux de fécondité, la possibilité de passer de 7,7 milliards d'individus sur terre aujourd'hui à plus de 11 à horizon 2100, avec en particulier un doublement de la population africaine qui devrait avoisiner les 2,5 milliards de personnes en 2050.

La fracture territoriale : migrations contraintes et aspirations à la mobilité

Les migrations connaissent de fortes mutations, accélérées par les graves déséquilibres du système économique mondial. On fuit la violence, les conflits, la persécution, l'extrême pauvreté, la discrimination, et la dégradation de l'environnement. Le monde est devenu un théâtre ouvert, un espace de plus en plus interdépendant, où le rêve de mobilité est généralisé. En décembre 2017, l'ONU estimait le nombre de migrants à 258 millions dans le monde, en hausse de 49 % depuis 2000, soit 3 % de la population mondiale. Quasiment plus aucun pays du monde n'échappe au phénomène, qu'il soit qualifié – souvent improprement compte tenu de la complexité de ces réalités – de pays de départ, de transit ou d'accueil. La mondialisation a ouvert de nouvelles routes aux migrations traditionnelles et les migrations actuelles sont de moins en moins tracées par les héritages de l'époque coloniale. Ainsi l'Asie centrale et orientale, l'Europe de l'Est et l'Afrique centrale sont-elles devenues depuis vingt ans des zones de mobilité majeures.

Bien des idées fausses sont à combattre ici. La majorité des déplacements pour des raisons économiques ou pour rechercher une protection a lieu à l'intérieur même des pays. Selon le PNUD, les expatriés issus des pays du Sud et installés dans les pays du Nord ne représentent qu'un tiers du total des migrants. Près des deux tiers (60 %) migrent entre pays de même niveau de développement. La cause principale des migrations est la situation économique, politique ou écologique des pays d'origine, bien plus que la politique migratoire mise en place par un État d'accueil.

Ces mobilités, contraintes ou choisies, iront demain en augmentant encore, notamment vers l'Europe, si les fractures politiques, économiques et environnementales ne se réduisent pas. Et elles se heurteront sans doute à des sociétés de moins en moins capables d'accueillir. Le consentement à l'accueil s'est réduit, alors même que la démographie l'exigerait et que de nombreux pays ont une longue tradition d'immigration. La France en particulier est le plus ancien pays d'immigration en Europe, comme l'ont établi les travaux de référence de Gérard Noiriel, qui fut naguère mon professeur : entre le quart et le tiers des personnes qui vivent aujourd'hui en France sont issues de l'immigration si l'on remonte jusqu'à leurs arrière-grands-parents. Notre pays compte la plus large communauté originaire d'Afrique en Europe, avec plus de 10 % des résidents en France.

L'augmentation des migrations est le reflet d'une fracture territoriale croissante qui conduit familles et individus à prendre la route. Ces phénomènes aggravent considérablement les tensions entre États et entre régions. Ils rejouent, dans de nombreux pays, des tensions plus anciennes, notamment dans la bande sahélienne, qui aujourd'hui s'étendent à des pays qui peinent à les gérer. Ils testent la générosité et les équilibres économiques, sociaux et politiques des pays d'accueil. Ils ravivent nos fractures historiques mal soignées.

Comment penser nos nouvelles mobilités et interdépendances et réconcilier nos territoires entre eux ?

Afrique, outre-mer : nos fractures historiques

Posture en surplomb de l'Occident, si justement relevée par Souleymane Bachir Diagne[3], devoir de mémoire, compassion,

3. Souleymane Bachir Diagne et Jean-Loup Amselle, *En quête d'Afrique(s) : universalisme et pensée décoloniale*, Albin Michel, 2018.

volonté de réparation de la colonisation, mauvaise conscience, ignorances anthropologiques ou sociologiques de l'autre, sans parler d'épisodes précis trop longtemps enfouis dans notre mémoire collective : notre relation avec le Sud charrie encore beaucoup de non-dits et de rancœurs, même si nous pensons que la colonisation est en France un chapitre lointain de l'histoire, un passé qui a concerné nos parents ou grands-parents, mais ne nous concerne plus aujourd'hui comme individus.

Il suffit de rappeler la surprise et l'émotion qu'a suscitées l'annonce à Ouagadougou en novembre 2017 par le président Emmanuel Macron de sa volonté de procéder à « un retour du patrimoine africain à l'Afrique », puisque « le patrimoine africain [...] doit être mis en valeur à Paris, mais aussi à Dakar, Lagos, Cotonou ». Et les débats qui ont suivi.

Il serait naïf de ne pas prendre en compte ces pensées et ces blessures qui demeurent entre pays devenus désormais partenaires, surtout lorsque perdure la perception d'une relation restée asymétrique et où l'aide au développement aurait prolongé une dynamique initiée par des acteurs historiques dominants. La politique de développement n'a pas encore assez nettement rompu ses liens avec la politique coloniale, fille de la politique industrielle pour Jules Ferry, mue par la logique du progrès née des Lumières, fondée sur un modèle de rattrapage et la conviction que l'Occident serait porteur du savoir qu'il aurait pour idéal d'apporter aux peuples et aux civilisations lointaines.

Sans amalgame aucun et compte tenu de l'extrême diversité des situations, territoire par territoire, n'observe-t-on pas des fissures comparables avec l'outre-mer française ? La grève générale des Antilles en 2009, la mobilisation guyanaise en 2017, le référendum néo-calédonien inachevé de 2018 ne révèlent-ils pas également des fractures historiques mal consolidées, entre métropole et territoires ultramarins ? La métropole, soucieuse d'élaborer un récit commun, aurait tort de nier cette diversité et ces fractures, et de s'en tenir à une logique trop simple d'alignement, plutôt que de multiplier les liens avec le reste du monde, en particulier avec l'environnement régional immédiat de nos outre-mers.

Comment s'inspirer de ce que nous avons si longtemps tenu à distance et nous réconcilier avec notre passé ?

Prêts pour un voyage en autosuffisance ?

Pas d'angélisme. Nous sommes à nouveau profondément en désaccord, divisés. Et les nuages s'amoncellent, mois après mois, portés par le réveil des passions mauvaises, le retour des puissances et des pressions économiques qui portent de rudes coups au multilatéralisme.

Face à ces menaces et pour tenter de réduire ces multiples fractures qui ne cessent de s'élargir, deux attitudes – trop simples – sont possibles, qui trouvent désormais dans chacun de nos pays leurs formes politiques : l'ouverture et la recherche de solutions collectives internationales ; la fermeture et la recherche de solutions nationales singulières. Face au caractère insupportable des fractures, les partisans du repli proposent de refaire groupe et de retrouver une voie collective entre soi, faisant souvent appel aux forces de la nostalgie. N'est-ce pas le ressort profond du Brexit ? À l'inverse, les partisans du global cherchent une solution dans la collaboration avec les autres peuples, en cherchant à raviver les mânes de la solidarité internationale en oubliant parfois la nécessité de prendre en compte les intérêts de leurs concitoyens pour convaincre ces derniers de maintenir durablement leur choix d'ouverture.

Et la tendance, hélas, est claire. L'émergence d'hommes de force à la tête des plus grands acteurs mondiaux, des États-Unis à la Russie ou du Brésil à la Chine, vient fissurer peu à peu l'ordre ancien et fragiliser les institutions les plus établies. À la volonté de défendre une gouvernance mondiale commune, pour les négociations commerciales comme les discussions diplomatiques, s'oppose de plus en plus un égoïsme national assumé. Pour ces nouveaux pouvoirs, la gouvernance internationale apparaît encore comme le dialogue des vainqueurs de 1945, rejoints par l'Allemagne et dont les pays du Sud sont encore trop absents. On a cru que le G20, dont le format et les équilibres actuels ont été forgés en novembre 2008, était la matrice d'une réforme profonde de la gouvernance mondiale. Mais l'esprit du G20 ne s'est sans doute pas diffusé assez vite dans le système multilatéral. Ce dernier peine à s'adapter au puissant rééquilibrage en cours au profit de la Chine et plus largement à l'émergence du Sud, ainsi qu'à l'éloignement des États-Unis tentés à nouveau par l'unilatéralisme de l'*America First*. Une fracturation de l'ordre international menace les liens que nous avions patiemment tissés depuis 1945.

Non contents de bousculer violemment les piliers du temple multilatéral, les partisans de la fermeture et de la force cherchent à présent à instiller une subtile théorisation du repli jusqu'au cœur de la généreuse politique de développement. Le concept de *self-reliance*, ou de l'autosuffisance, désormais prôné par l'agence de développement américaine USAID, s'énonce avec laconisme : « Pour mettre fin au besoin d'assistance étrangère, nous devons nous concentrer sur la construction de l'autosuffisance – définie comme la capacité d'un pays, son gouvernement, sa société civile et son secteur privé, à planifier, financer et mettre en œuvre des solutions pour résoudre ses propres problèmes de développement. Cette approche est désormais la pierre angulaire des partenariats avec USAID. » En un mot, l'aide américaine ira désormais en priorité vers les pays qui pourront le plus rapidement possible… s'en passer ! C'est-à-dire compter sur leurs propres forces, dont USAID mesure désormais sur son site internet le renforcement, qu'il s'agisse des engagements en faveur de la démocratie libérale, de développement inclusif, d'ouverture des marchés, comme des capacités du gouvernement, de la société civile ou des acteurs économiques.

Cette théorie de la *self-reliance* présente les dehors positifs d'une autonomie enfin atteinte par les pays en développement, et remet en cause la dépendance à l'aide pour promouvoir au sein des pays récipiendaires un processus d'appropriation des enjeux de leur développement. Mais elle organise aussi le repli sur soi et cultive l'obscur désir des peuples à se séparer les uns des autres. La réponse américaine à la fracturation du monde est très simple et fait système : construction d'un mur avec le Mexique, refus d'octroi de visas, et encouragement à la *self-reliance* – une réponse qui fait écho à certaines périodes de l'histoire des États-Unis et à l'individualisme poussé à l'extrême, réactivant le vieil isolationnisme américain.

La combinaison d'une politique de développement ainsi réduite à l'autosuffisance et d'une politique commerciale agressive pourrait conduire à une double négation : ni aide ni commerce, pour que les pays du Sud apprennent à ne plus avoir besoin des autres pour leur développement. La doctrine officielle de la *self-reliance* semble refléter une évolution d'un récit où l'aide américaine était justifiée au nom de la sécurité nationale, à un nouveau monde, plus dur, où il s'agirait avant tout de contenir le plus possible les États faibles ou défaillants, considérés comme des dangers pour l'ordre international, des sources d'immigration illégale, de terrorisme et de réseaux criminels. Et l'aide pourrait devenir moins un soutien véritable au développement des pays partenaires, dans l'espoir d'un commerce pacifique avec eux, qu'un instrument géopolitique, au service d'un repli durable.

La *Journey to self-reliance* d'USAID est une réponse possible à la fracturation du monde. Elle a le mérite de rompre avec l'angélisme qui prévaut souvent dans le monde de la solidarité internationale, en insistant sur les menaces et en appelant avec force à la responsabilité de chacun des partenaires des États-Unis. Mais, loin d'espérer dépasser les fractures, cette politique au fond s'en accommode et semble exclure la possibilité même d'une réponse collective. L'aboutissement de la politique bilatérale d'USAID, c'est de gérer les tensions, dans des conditions qu'il reviendra à chaque pays de déterminer, tant qu'elles n'empiètent pas et ne remettent pas en cause celles que leurs voisins ont définies pour eux-mêmes, et en premier lieu les États-Unis d'Amérique.

Cela ne peut pas être notre conception. La politique de développement, ouverte, respectueuse et généreuse par principe, ne peut devenir un argument paradoxal du repli sur soi. C'est pourtant le risque qu'elle prend, sauf à se réinventer. Plus elle restera un pur instrument de solidarité, plus elle se contentera de servir de caution de notre générosité, *a minima*, pour les maux des populations du Sud, plus elle viendra involontairement et paradoxalement renforcer la thèse de l'autosuffisance. Face à la fracturation du monde, la politique de développement doit trouver une nouvelle ambition, redéfinir ses objectifs et réinventer ses instruments pour devenir l'agent de nos réconciliations en actes, le métier à tisser une trame toujours plus étroite entre les peuples du monde et entre les objectifs apparemment contradictoires mais profondément cohérents inscrits dans les ODD des Nations unies.

Je rêve d'une politique de développement qui contribuerait à dépasser l'opposition trop simple entre le repli et l'ouverture, entre le local et le global. Une politique qui viendrait mobiliser en profondeur les forces et les acteurs de chacun de nos pays pour les tourner, à l'heure des biens communs, vers la coopération et l'entraide internationales. En faisant appel à tous les acteurs, désormais multiples et foisonnants, qui contribuent à l'action collective internationale (organisations de la société civile, multinationales, grandes villes, banques de développement, etc.).

Il ne faut jamais oublier que dans « international », il y a « national » ! Il ne s'agit plus seulement de défendre le multilatéralisme mais d'inventer un monde polypolaire, c'est-à-dire une gouvernance internationale susceptible de polariser l'ensemble des acteurs, au-delà des seules institutions multilatérales et des seuls gouvernements, vers la gestion collective des biens communs. En un mot, emprunter avec confiance le chemin de la réconciliation (*Journey to reconciliation*) plutôt que celui de l'autosuffisance (*Journey to self-reliance*).

CHAPITRE II

La COP21 : l'intuition de la réconciliation

Dans un monde si divisé, où les fractures s'étendent entre les Nations comme à l'intérieur de chacune d'entre elles, comment ne pas désespérer, ne pas baisser les bras et ne s'occuper plus que de soi et des siens ? Paradoxalement, c'est au cœur de la plus difficile des négociations, en 2015, que j'ai trouvé l'espoir et l'intuition qu'une grande réconciliation était possible.

De toutes les fractures, la plus grave est incontestablement la crise climatique. Sujet le plus universel et le plus structurant, il était d'autant plus ardu à saisir qu'il n'existait alors aucune unanimité : en 2015, la fracture était à la fois dans la réalité et dans les esprits. C'est la mère de nos batailles, parce qu'il ne s'agit pas d'un sujet technique ni sectoriel : tout est percuté par le changement climatique, tous les secteurs et toutes les sociétés. La réponse devait par conséquent être politique et globale. Seule la réconciliation de toutes les parties était à la hauteur de cet enjeu planétaire.

C'est ce que la France a compris et entrepris, la fleur au fusil, fin 2014, à la demande de Ban Ki-moon, le secrétaire général des Nations unies, et de la formidable Christiana Figueres, alors secrétaire exécutive de la Convention-cadre des Nations unies sur les changements climatiques (CCNUCC). La présidence française de la COP21, confiée pour la première fois à un pays du Nord depuis la funeste réunion de Copenhague en 2009, était très attendue. Et le pari très risqué, à tous les niveaux. Dans l'enceinte de négociation du monde la plus difficile – les Nations unies sans le conseil de sécurité, à 197 parties –, sur un sujet qui ne mobilisait pas la même énergie politique que l'Afghanistan ou la Syrie, un accord unanime de tous les États était requis, chacun d'entre eux disposant d'une voix, donc d'un droit de veto effectif. Le jeu des coalitions onusiennes classiques était encore compliqué par l'existence de différents groupes[4] spécifiquement constitués pour les négociations climatiques et par l'irruption, potentiellement déstabilisatrice, d'innombrables acteurs non étatiques : villes, régions, ONG, entreprises, syndicats, etc.

Tous avaient en tête l'échec cauchemardesque de la conférence de Copenhague, qui avait révélé les difficultés de méthode extrêmes des négociations climatiques, lentes, procédurières, imprévisibles, et dont l'aboutissement, minime et illégitime, avait alors conduit à des tensions très vives jusqu'à ce que le dialogue soit renoué à la COP17 de Durban, deux ans plus tard, à laquelle j'avais participé activement comme représentant de la direction du Trésor. Nous étions parvenus *in extremis* à approuver en Afrique du Sud un mandat de négociation pour établir d'ici à 2015 un accord international pour lutter contre le changement climatique. L'heure décisive était venue !

4. Tels que l'AOSIS, l'Alliance des petits États insulaires en développement, le groupe dit de l'Ombrelle, le groupe AILAC pour l'Amérique latine et les Caraïbes, etc.

J'ai participé pas à pas à cet exercice de très haute voltige politique, qui a abouti à Paris à la conclusion d'un accord ambitieux visant à contenir d'ici à 2100 le réchauffement climatique « bien en dessous de 2 °C par rapport aux niveaux préindustriels » et si possible de viser à « limiter la hausse des températures à 1,5 °C » (article 2), avec l'objectif d'atteindre la neutralité carbone « dans les meilleurs délais » (article 4) et en progressant dans l'adaptation de nos sociétés au réchauffement inévitable. Universel, l'Accord de Paris prévoit une distinction entre pays développés, « qui continuent de montrer la voie », et pays en développement mais dans le cadre d'un mécanisme de suivi unique et transparent, prévoyant que les objectifs fixés au niveau national seront révisés d'ici à 2020 puis tous les cinq ans et ne pourront être revus qu'à la hausse.

Je suis fier d'avoir participé à cette négociation. J'ai vu et admiré Laurent Fabius, président de la COP21, au sommet de son art, avec Laurence Tubiana à ses côtés, subtile et résolue ambassadrice chargée des négociations sur le changement climatique. Je les ai vus conduire méthodiquement pendant toute une année ces négociations, avec l'intuition qu'il fallait inventer et mettre en œuvre une méthode totalement nouvelle pour avancer, une méthode à la hauteur de l'enjeu. Et je me souviens avec émotion de la libération finale, samedi 12 décembre après-midi, dans la grande halle de bois du Bourget, quand tous les délégués explosèrent d'une joie contenue depuis si longtemps ! La COP21, plus grand rassemblement de chefs d'État et de gouvernement de l'histoire du monde – 157 chefs d'État et de gouvernement réunis le même jour au même endroit pour la même cause –, fut une victoire, aboutissant à un accord multilatéral d'une ambition inédite.

De cette réussite, je suis convaincu que nous pouvons tirer un modèle pour demain : l'archétype d'une réconciliation. Oui, nous sommes capables de prendre nos contradictions à bras-le-corps et d'aboutir à une entente collective. La réconciliation réussie à la COP21 est la preuve que l'action collective internationale n'est pas vouée à l'échec. Le contraire, terme à terme, de la *self-reliance*, qui a conduit, elle, les États-Unis, qui avaient joué un rôle si magnifique dans la négociation de 2015 par l'engagement du président Obama, du secrétaire d'État Kerry et de tous nos collègues américains, à sortir unilatéralement de l'Accord de Paris le 1er juin 2017.

La méthode nouvelle, imaginée un an auparavant juste après la COP20 à Lima, a suivi quelques principes simples : bâtir une organisation très intégrée ; anticiper et construire très tôt un calendrier rythmé ; être toujours offensif et jamais sur la réserve ; construire la confiance, à force d'écoute, de transparence et d'attention à toutes les parties, même et surtout aux plus faibles ; enfin, mener de front de multiples discussions en impliquant les négociateurs climat autour du projet d'accord, les gouvernements des États, incités à définir une contribution volontaire pour le climat, et enfin tous les acteurs non-gouvernementaux, regroupés en larges et influentes coalitions. Le miracle de la COP21 et de sa méthode, c'est que chacun de ces différents acteurs a poussé les autres à relever sans cesse leurs ambitions jusqu'à l'accord final. Ce fut le cas en particulier pour la question cruciale de la finance climat, dont j'avais la responsabilité.

Une construction d'un an

Dans le domaine financier comme dans les autres volets de la négociation, la présidence française de la COP21 fit le choix d'anticiper et de construire très tôt un agenda, rendu public pour fixer les attentes et mobiliser le plus grand nombre. Il fut en effet admis d'emblée que les entreprises, les philanthropes, la société civile, les collectivités locales, les universitaires et les citoyens seraient tous des acteurs avec un rôle à jouer, partant du principe que seul le regroupement le plus vaste pouvait faire avancer un enjeu d'envergure planétaire. Les termes « agenda positif », « agenda des solutions », « agenda d'actions », indifféremment utilisés, furent le moyen de susciter des contributions de l'ensemble des parties prenantes, en exprimant le souhait d'une action immédiate, urgente et concrète.

Le travail de négociation commença très en amont du Bourget, dès la COP précédente, à Lima en décembre 2014, et même auparavant à Berlin, où j'avais participé le 20 novembre 2014 à la réunion au cours de laquelle trente pays décidèrent d'apporter 10 milliards d'euros pour constituer le capital initial du Fonds vert pour le climat, l'institution reine du financement de la lutte contre le changement climatique. Le Fonds vert pour le climat, à la création duquel j'avais eu l'honneur de prendre une part très active entre 2010 et 2012 comme membre auprès de Trevor Manuel du Transitional Committee for the Green Climate Fund créé par les Nations unies, est un instrument unique, dont la gouvernance associe pour la première fois à parité les pays du Nord et ceux du Sud et dont l'accès est ouvert à de très nombreux acteurs, comme aucun autre instrument financier international jusqu'alors. Il faut le protéger avec soin et en renforcer la place dans la gouvernance internationale.

C'est au Forum de Davos, fin janvier 2015 que Laurent Fabius exposa pour la première fois la structuration en trois blocs que la France entendait donner à la discussion sur la finance climat : la question des 100 milliards de dollars de Copenhague à rassembler avant 2020, la mobilisation de tous les acteurs des marchés financiers ; enfin la négociation des dispositions financières de l'Accord de Paris lui-même, post-2020. La réunion de l'International Development Finance Club (IDFC) permit en mars 2015 de fixer les règles communes de comptabilisation des financements pour l'atténuation, et des principes de comptabilisation des financements pour l'adaptation au changement climatique. Le G20 des ministres des Finances et des gouverneurs des banques centrales, en avril 2015, permit une nouvelle avancée en installant un débat crucial sur la prise en compte des risques climatiques dans la régulation financière internationale, signal confirmé par le G7 réuni en Allemagne en juin 2015. La convergence des agendas et des communautés du climat et du développement fut ensuite exprimée au Sommet d'Addis-Abeba sur le financement du développement en juillet 2015, qui valida l'idée des cobénéfices climat-développement, sans opposer ces deux domaines, puis lors de l'adoption des ODD à New York fin septembre.

Mais le moment décisif de cette année de négociation fut la réunion sur la finance climat organisée le 9 octobre 2015 à nouveau à Lima, dans le cadre des assemblées annuelles du Fonds monétaire international et de la Banque mondiale. Coprésidée par les ministres des Finances et du Climat du Pérou Alonso Arturo Segura Vasi et Manuel Pulgar-Vidal et leurs homologues français Michel Sapin et Laurent Fabius, ce fut la plus grande réunion sur la finance climat jamais organisée au plan international, en termes de niveau de représentation, de durée et de force des décisions prises. La réunion de Lima créa la confiance nécessaire pour ouvrir la voie vers la négociation de l'Accord de Paris.

Ce travail précoce, rythmé, précisément planifié, tout au long de l'année, fut le premier élément de la réussite de la présidence française. S'adresser à toutes les parties, prêter attention à toutes les requêtes, établir les faits, pousser au moment propice pour prendre les décisions positives, savoir les regrouper et les communiquer pour créer la confiance, tels sont les principaux enseignements que j'ai retenus de cette année de travail intense.

Jeu offensif et prises de risques

La deuxième caractéristique de la méthode retenue par la présidence française fut de toujours jouer l'offensive : toujours pousser, toujours surprendre, ne jamais être défensif. Afin de ne pas être accusée de manquer d'ambition, la France choisit de prendre les devants, à plusieurs reprises.

Premier exemple, la publication à l'occasion de cette réunion de Lima en octobre d'un rapport sur le montant des financements climat constitua une grande surprise. Alors que tous les pays développés, perçus par le G77 et la Chine comme alliés de la France, adoptaient une posture défensive et voulaient éviter tout chiffrage sur l'atteinte des 100 milliards de dollars de flux financiers du Nord vers le Sud promis dans le compromis de Copenhague en 2009, la France prit le risque de commander un rapport sur ce sujet, seule façon susceptible de donner des bases saines à la négociation. La rédaction de ce rapport fut confiée à l'OCDE et à un think tank reconnu Climate Policy Initiative (CPI), deux organismes indépendants à la fois des parties prenantes les plus prudentes, comme les États-Unis, et de la présidence française. Le résultat de cette enquête, tous l'ignoraient alors, même si les spécialistes de la Direction du Trésor français étaient confiants et si beaucoup avait été fait les années précédentes. L'OCDE et le CPI évaluèrent *in fine* la finance climat provenant des pays développés à 60 milliards par an d'ores et déjà, sur les 100 promis à Copenhague. Le chiffrage fut certes contesté – en raison de la méthodologie de comptabilisation, de l'effet de surprise et de l'absence de consultation préalable des pays en développement –, mais il était défendable et il servit ensuite de référence. Un objet avait été créé, qui cristallisa les débats, donna un point de départ et déclencha surtout une série d'annonces additionnelles de la part des pays du Nord : la France promit ainsi d'apporter, *via* l'AFD, 2 milliards supplémentaires chaque année à compter de 2020 – engagement tenu et même bientôt dépassé ! – et de nombreux autres pays firent de même, de sorte que les pays en développement réunis au sein du G77 purent avoir, sinon l'assurance, du moins une espérance raisonnable que les 100 milliards seraient atteints en 2020.

Nos partenaires du G77 furent, je crois, positivement surpris que la présidence française et les pays développés fassent preuve d'une transparence inédite, n'évitent pas le débat sur ce sujet brûlant et s'engagent comme jamais. En mettant ce chiffre sur la table, la présidence française créa du mouvement et fit sortir les pays développés de leur position traditionnellement défensive. Elle les poussa à augmenter la finance climat d'ici à 2020, pour que les pays en développement puissent bouger à leur tour sur d'autres aspects clés de la négociation.

Le deuxième exemple de notre audace fut le projet d'accord international lui-même, extrêmement agressif, mis sur la table au Bourget par Laurent Fabius le soir du jeudi 10 décembre. Dans les derniers jours avant la fin de la conférence, la France joua la carte des engagements dans le domaine de la finance climat de façon à nouveau très offensive, comme elle l'avait fait toute l'année, et fit le choix tactique de placer le curseur très loin du côté des positions des pays en développement, numériquement les plus nombreux et demandeurs d'un accord ambitieux, ce qui était aussi la position des ONG, très présentes lors de la COP21. En allant clairement et fortement dans le sens des demandes des pays en développement, la présidence française affirmait à ses partenaires du Sud son intention d'obtenir un accord aussi ambitieux que possible et de ne rien brader, de ne pas chercher un compromis sur le plus petit dénominateur commun, quitte à tendre fortement la négociation avec le groupe des pays développés, auquel la France était supposée appartenir. Ce fut le tournant de la négociation. La France prit tout le monde à contre-pied, et assuma le risque d'une très vive tension, tout au long de la nuit du 10 au 11 décembre.

Parce que le curseur avait été placé aussi loin sur le volet finance climat, la présidence française put préserver un haut niveau d'exigence sur les autres volets décisifs de l'Accord.

Ce choix délibéré aurait été impossible sans le capital de confiance accumulé par la France tout au long de l'année, renforcé au Bourget par une méthode de négociation claire, ouverte, transparente. Sur la méthode, la France a tenu parole. Sur le fond, elle a fait preuve d'ambition collective sans que quiconque puisse l'accuser de partialité. Et elle a réussi à convaincre.

Négociation tous azimuts

La présidence française avait une conviction : sur les questions financières, il fallait travailler avec les négociateurs climat, diplomates chevronnés et souvent retors, mais il fallait aussi et surtout mobiliser, en dehors de la Convention des

Nations unies, les chefs d'État, les ministres des Finances et les banquiers centraux – traditionnellement peu impliqués jusqu'alors sur les questions climatiques et environnementales –, et, plus largement, l'ensemble du secteur financier, public et privé. Dans ce but, la France construisit un dispositif en triptyque, en faisant avancer de front trois volets et en travaillant avec l'ensemble des acteurs.

Le premier volet consistait en un traité international classique, multilatéral, reconnu par les Nations unies, signé par les gouvernements et ratifié par les parlements. Deuxièmement, il fut demandé à tous les pays de déclarer volontairement, librement, leur politique climat. Cent cinquante pays acceptèrent et déposèrent auprès des Nations unies une « contribution » indiquant les politiques qu'ils allaient mettre en œuvre pour lutter contre le changement climatique et, pour certains, les montants qu'ils allaient investir pour engager résolument cette transition. Avant la conférence, l'addition de ces efforts nationaux permit de connaître quel serait le niveau du réchauffement si tous les engagements étaient tenus, et de savoir le niveau d'ambition additionnelle à obtenir dans le nouvel accord. Troisièmement, la France encouragea et accueillit le plus grand nombre d'alliances d'acteurs non-gouvernementaux. Elle alla chercher les villes, les ONG, les peuples indigènes, les financiers, les grandes sociétés, le monde de la recherche, etc. Plus d'un quart des participants accrédités au Bourget ne représentaient pas des États et la participation de ces acteurs non étatiques fut même inscrite spatialement dans l'espace de la conférence, dans un « village des solutions ». Les acteurs de la société civile n'étaient plus seulement les spectateurs des négociations, ils s'étaient structurés et firent passer dans l'opinion un signal de solutions et de mobilisation. Ils devinrent une force motrice dans les négociations. L'intégration des sociétés civiles dans les négociations n'avait sans doute jamais été réalisée à ce point dans une grande négociation internationale.

Les trois volets de la négociation, pour la première fois réunis dans un agenda commun, auraient pu s'affaiblir mutuellement. Au contraire, ils se sont renforcés les uns les autres : les engagements des pays et la présence des chefs d'État et de gouvernement au Bourget au début de la conférence ont incité les négociateurs à avancer ; les coalitions de tous les acteurs dans chacun des pays ont fait pression sur les gouvernements pour qu'ils trouvent un accord ; le fait que les gouvernements bougent a encouragé les autres acteurs et les a encouragés à multiplier les initiatives et les engagements.

Cette méthode de négociation est sans doute transposable avec profit à d'autres grandes causes internationales par exemple en 2020 pour la biodiversité, lors de la grande conférence dont la Chine assurera la présidence. Cette méthode constitue une forme de réconciliation, rassemblant l'ensemble des parties prenantes, instruites des enseignements de la science et selon dans un calendrier défini à l'avance.

Des techniques de négociation inédites

Plus spécifiquement, des techniques de négociation inédites ont été expérimentées au Bourget. À Durban, en 2011, un mot zoulou avait été introduit dans les négociations internationales, l'*indaba*, un autre mot pour la palabre. Pour rappeler le succès de la COP17 et rendre hommage à l'Afrique du Sud, qui présidait en 2015 le G77 et jouait ainsi un rôle clé dans les négociations, Laurent Fabius reprit ce terme et organisa, au moment propice, une « *indaba des solutions* », une consultation très largement ouverte. La première semaine, chacun put s'exprimer et être écouté, des sous-groupes furent constitués, y compris sur les sujets financiers animés par les ministres chargés de l'Environnement allemand Jochen Flasbarth et gabonais Emmanuel Issoze Ngondet, que j'assistais. Ces journées furent décisives, moins par leur contribution à la production du texte final que par l'approche dont elles témoignaient : une attitude d'écoute et de transparence, le signe de la détermination de la France à faire aboutir dans le dialogue et le respect les négociations.

L'écoute, c'est la méthode que la France privilégia, tout au long de l'année. La présidence porta une attention particulière aux forces en présence, notamment le groupe du G77 et la Chine, le groupe des AOSIS ou le groupe AILAC, et elle favorisa des passerelles entre les positions des pays en développement et celles des pays développés. Des rencontres informelles furent ainsi régulièrement organisées tout au long de l'année, au-delà des sessions plénières de négociation, mais aussi des séances de travail en petits groupes de quinze à vingt personnes sur un sujet précis, qui créèrent une atmosphère de dialogue et de compréhension mutuelle.

La présidence s'est ainsi inscrite dans la tradition médiatrice de la diplomatie française, capable d'écouter les autres, d'intégrer les différents points de vue, sans être nécessairement d'accord avec eux, de les comprendre, de les reformuler. La méthode française associa ainsi l'inclusion de tous et recherche du consensus. Elle chercha à comprendre les flexibilités de chacun, à faire bouger les uns pour activer les autres, à prendre en compte les intérêts nationaux dans les négociations multilatérales. La France veilla à tout prix à éviter le syndrome du club fermé – l'anti-Copenhague en somme, où les discussions finales avaient eu lieu entre grandes puissances, sans la consultation réelle de nombreuses parties, qui à la fin refusèrent l'accord, minimal, qui avait été conclu par quelques-uns seulement.

Cette confiance accumulée devint finalement un capital politique précieux, qui permit l'adoption d'un accord universel par consensus. La légitimité acquise sur la forme fut un levier pour construire un consensus sur le fond.

La France fit enfin monter les enjeux pour que chacun ait conscience qu'il avait beaucoup à perdre en cas d'échec, mais gagnerait quelque chose en sortant par le haut. Elle fit notamment en sorte que chacun pût ramener quelque chose de positif dans son pays. Une initiative baptisée Africa Renewable Energy Initiative (AREI) fut imaginée, avec l'aide précieuse de la Banque africaine de développement et de son président engagé Akinwumi Adesina, pour répondre à la demande prioritaire exprimée par les chefs d'État africains et mobiliser 10 milliards de dollars pour atteindre au moins 10 gigawatts de capacité nouvelle et additionnelle de production d'énergie à partir de sources d'énergies renouvelables d'ici à 2020, et de produire au moins 300 gigawatts d'ici à 2030. De même, Annick Girardin, alors ministre chargée du Développement, réussit à bâtir une coalition dénommée Climate Risks and Early Warning Systems (CREWS) destinée à mettre en place dans les pays les plus pauvres et les petites îles des mécanismes d'alerte précoces, à même de sauver de nombreuses vies, en cas de catastrophes naturelles, phénomènes extrêmes appelés hélas à se multiplier. Près de 150 millions de dollars ont été mobilisés depuis lors pour atteindre cet objectif.

Avant l'adoption de l'Accord, je me souviens de deux difficultés de dernière minute : une erreur matérielle sur une disposition importante de l'Accord – la substitution au verbe *should* (« devrait ») d'un *shall* (« doit »), soit une différence substantielle d'obligation juridique pour les États-Unis – et les velléités de refus du Nicaragua. Alors que tous les délégués se trouvaient dans la très grande salle, Laurent Fabius réunit tous les pays du G77, mit sur la table tout le capital politique qu'il avait accumulé tout au long de l'année, et leur demanda de lui faire confiance. Tous les participants – qui avaient vécu, souvent en pleurs, l'échec de Copenhague – acceptèrent cette fois d'être guidés vers l'Accord de Paris. Sans doute est-ce pour cette raison que la COP française a laissé une si grande marque dans les esprits : un très long travail de réconciliation avait enfin abouti.

Pas de négociation réussie sans financement

La présidence française eut également l'intuition que la finance constituait un élément déclencheur, le sujet qu'il fallait mettre dans la balance pour obtenir l'accord de tous. Sans doute parce que c'était le sujet de discorde majeur et le test de notre crédibilité, sur lequel les positions des uns et des autres étaient les plus éloignées. Difficulté supplémentaire, alors que les négociateurs étaient responsables de la cohérence et de l'ambition générale du processus de la COP, seuls les ministres des Finances et les gouverneurs des banques centrales, et derrière eux les acteurs des marchés financiers, pouvaient réellement faire progresser l'agenda financier.

Or par définition les acteurs financiers et les acteurs de l'environnement ne s'accordaient pas, les premiers portant des intérêts économiques de court terme, et les seconds portant des intérêts environnementaux de long terme. Leur mésentente était portée au centuple dans une négociation internationale, où les négociateurs de la COP, les acteurs du G20 ou du G7, les ministres des Finances ne se croisaient jamais. Tout le travail de la France fut alors de mobiliser la sphère financière sans dessaisir ni désintéresser la sphère environnementale.

Là aussi, la méthode utilisée fut un processus en deux temps. Il s'agissait d'abord de tenir l'engagement, pris à Copenhague puis confirmé à Cancún, de 100 milliards de flux financiers publics et privés versés chaque année jusqu'en 2020, du Nord à destination du Sud. Ce sujet devint dans la négociation un point de crispation majeur, puisqu'il constituait la preuve, tant attendue, que la justice climatique n'était pas un vain mot, et que les dégâts que le Nord avait causés à l'environnement, avec des conséquences terribles pour le Sud, seraient partiellement compensés. Cette reconnaissance de dette signifiait pour les pays du Sud un gage de confiance envers les pays du Nord. C'était le combat majeur pour le G77, ainsi que pour nombre d'ONG, qui estimaient que les financements pour le climat étaient une promesse jamais tenue. Le travail effectué en amont par la présidence française et l'ensemble des parties permit de ne pas faire de ces 100 milliards un élément de blocage, mais au contraire un instrument de facilitation.

Le deuxième moment fut la négociation de l'accord international lui-même, qui comportait un volet financier très attendu. Il s'agissait d'embarquer les parties dans un accord beaucoup plus vaste que les 100 milliards. Après une dernière journée d'intense négociation principalement avec nos collègues américains Paul Bodnar et Sue Binaz et la Sud-Africaine Sandea de Witt, trois objectifs furent atteints. En premier lieu, le maintien *a minima* des 100 milliards jusqu'à 2025, puis leur augmentation. En second lieu, un accord pour rediscuter à partir de

2025 de la base des contributeurs à la finance climat. Enfin et surtout, les sujets financiers furent inscrits dans l'article 2 de l'Accord de Paris, celui qui fixe les objectifs de la lutte contre le changement climatique. Aux objectifs de l'atténuation – la réduction du volume des émissions de CO_2 – et de l'adaptation – la prise en compte dans les politiques publiques des effets inévitables du réchauffement – s'ajoute depuis 2015 un troisième objectif, d'égale dignité et force : la réorientation des flux financiers vers des trajectoires de développement bas carbone et résilientes. La finance est devenue une fin en soi, innovation majeure dont nous commençons seulement à envisager les conséquences[5].

À la fin du sommet, je fus frappé et ému de voir de nombreux représentants se tourner vers la délégation française, en nous disant qu'un tel accord, seule la France pouvait l'atteindre. La France est peut-être le seul pays à avoir gardé les attributs et l'ambition d'une puissance, tout en bénéficiant d'une présomption de désintéressement et de responsabilité. La France a joué, je crois, en 2015 le rôle non pas d'une grande puissance mais d'une puissance entre les puissances, possédant la capacité diplomatique, financière et militaire nécessaire pour s'asseoir à la grande table. Quel pays aurait eu aussi, du reste, ce grain de folie d'oser, pour un but supérieur, prendre le risque d'organiser une telle conférence moins d'un mois après les attentats de novembre 2015 ?

Et maintenant ? Que reste-t-il de tout cela, dans la durée ?

En 2015, le monde s'est réconcilié de manière éclatante. L'appropriation de l'accord final était une réussite remar-

5. Pour plus de détails sur mon expérience de la COP, lire www.afd.fr/sites/afd/files/2018-09-11-21-33/finance-climat-revivre-esprit-cop21-remy-rioux.pdf

quable. L'opinion publique a compris qu'une avancée rare avait eu lieu dans les négociations internationales et la prise de conscience environnementale a clairement progressé depuis lors. Dans un contexte déjà de regain du souverainisme, la France a instauré une méthode positive, capable d'installer une dynamique et de créer un compromis mutuel ; on a parlé d'une nouvelle forme de multilatéralisme, d'un « multilatéralisme participatif ». L'approche française des négociations internationales a été saluée comme un « modèle porteur de gestion internationale du XXIe siècle ». L'Accord de Paris a créé un cadre instaurant un climat de confiance entre les signataires.

Certes, selon les normes juridiques internationales, l'Accord de Paris n'est pas un accord contraignant, mais c'est un signal clair et transparent, librement négocié sous la pression des pairs et de la société civile, et qui sera révisé tous les cinq ans. C'est précisément pour cette raison qu'il a, selon moi, de bonnes chances de produire des effets réels. Le problème du changement climatique est complexe et en pleine évolution, rendant difficile de souscrire un accord contraignant, d'où l'intérêt de recourir à des procédures évolutives au lieu de règles figées. Et puis, entre 197 États très différents, des plus pauvres aux plus riches, des pays en paix aux pays déchirés par la guerre, comment imposer des engagements opérationnels suivis par un organisme supranational ? La réussite de l'Accord de Paris est le passage d'une coercition sélective vers une émulation collective : au lieu de se poursuivre entre eux pour avoir manqué à l'une ou l'autre obligation juridique, les pays devraient s'inspirer entre eux pour régler un problème commun. Le mécanisme de transparence est au cœur de ce processus.

À la COP21, la France a gagné avec trois cartes : le capital politique accumulé, un choix risqué mais gagnant de l'équilibre à un haut niveau d'ambition et un rythme imposant à tous l'urgence de réussir. Elle a su imposer un jeu de balance entre le dialogue et la capacité à réunir tout le monde autour d'une vision commune, entre la stricte égalité de traitement de tous les pays et de tous les groupes alliés et des discussions dans d'autres formats. Et finalement le climat est le premier objectif de développement durable à avoir transcendé le clivage Nord/Sud pour lui substituer une approche plus inclusive.

Comment faire vivre et durer une telle épiphanie, un tel moment de grâce ? Les pays développés ont la responsabilité de suivre les engagements pris pour tenir la promesse des 100 milliards. L'engagement des acteurs du monde financier, publics et privés, doit se concrétiser et passer à l'échelle pour renforcer l'élan créé en 2015. Il reste à trouver une manière de maintenir les acteurs alignés, en soutien d'un processus au long cours. Cela requiert des acteurs très engagés : la balle est passée en 2015 du camp des négociateurs climat à celui des institutions de financement du développement.

CHAPITRE III

Théorie de la réconciliation

À la COP21, j'ai participé à un événement qui était plus qu'un simple accord international. L'accord signé allait au-delà des gouvernements et dépassait même les protagonistes réunis au Bourget, surpris eux-mêmes de leur succès. C'était plus qu'un arrangement mutuel, compte tenu de son niveau d'ambition très élevé. C'était plus qu'un accord de circonstance, parce qu'il comportait des engagements très concrets et sur le très long terme. C'était plus qu'un compromis, puisque le résultat obtenu était supérieur à la somme des parties. C'était un point de départ vers un faisceau de possibles, quelque chose de plus profond, que je vous propose d'appeler une « réconciliation ».

Entendons-nous sur ce terme, régulièrement employé mais trop peu théorisé, et sur les raisons pour lesquelles il me semble correspondre exactement aux temps troublés où nous vivons. *Nihil novi sub sole* : toutes les cultures, même les plus lointaines, possèdent un équivalent de ce concept, le confucianisme comme le christianisme, comme les sociétés traditionnelles. On parle de *Versöhnung* en allemand, de

Musalaha en arabe, de *Héjié* en chinois, de *Maridhiano* en swahili, de *Sverka* en russe ou encore d'*Ilaja* en yorouba. À quelques nuances près, ces termes renvoient à la même notion. Ces mots décrivent les processus performatifs par lesquels des personnes font la paix, dépassent leurs différends, réparent leurs actions, renouent des liens brisés et s'engagent dans la dignité vers un avenir plus juste et prospère. Dans le Nouveau Testament, la réconciliation est l'acte par lequel est rétabli le lien du croyant avec Dieu, l'acte qui redonne la grâce du baptême pour quitter la souffrance du péché et recevoir le pardon. Le sacrement de réconciliation est la cérémonie par laquelle un lieu saint qui a été profané est béni et consacré à nouveau. Lamennais en 1831 y voyait l'oubli des querelles, le raccommodement des partis et l'union des Français. Un apaisement. Un nouvel état, au-delà des divisions préexistantes.

Comme les exemples historiques qui suivent cherchent à le montrer, la réconciliation est à mes yeux un concept plus profond et opératoire que la paix, qui n'est qu'un état, fixe et toujours incertain. Plus qu'un rapprochement après un conflit, elle constitue l'au-delà de la paix. Une fois que les hostilités ont cessé, c'est la réconciliation qui permet de sortir de la guerre, de gagner la paix, de construire des institutions, des mécanismes collectifs capables de produire et de maintenir la concorde civile. L'artisan par excellence de la réconciliation, c'est Aristide Briand déclarant, quand l'Allemagne entra à la Société des Nations en 1926, huit ans seulement après Rethondes : « Arrière les fusils, les mitrailleuses, les canons ! Place à la conciliation, à l'arbitrage, à la paix ! » La réconciliation, c'est le désarmement psychologique et culturel, le retour de la fraternité qui relie les hommes, après la démobilisation militaire.

La réconciliation est un espoir, un engagement et une action. Dans un contexte confus, elle porte la promesse de la paix face à l'insécurité, de la justice face aux atteintes aux droits, de la stabilité face à la guerre civile, de la prospérité face à la misère.

La réconciliation suppose la confiance, qui supprime les divisions. Elle requiert la vérité, devant quoi tout s'efface. Elle repose sur la compréhension, qui fait converger des visions du monde différentes, et sur la coopération, qui envisage un travail ultérieur ensemble et un futur commun. Elle nécessite que les parties reconnaissent les liens qui les unissent, que ce soit par la sécurité, l'interdépendance économique, la coopération politique, la simple humanité ou la conscience d'être tous passagers du même bateau – d'avoir un monde en commun. Elle ouvre la voie de l'entraide.

L'acceptation de l'autre

La réconciliation commence par le respect de l'autre et l'acceptation du différend qui nous sépare et qui nous lie. On ne se réconcilie pas tout seul ; il faut préalablement comprendre la position adverse. La réconciliation est une forme de reconnaissance. On défend son intérêt – la réconciliation n'est pas une abdication –, mais dans le même temps on comprend celui de l'autre. Il faut aller chercher loin les causes et les enjeux, et, quand le passé est lourd de drames et de souffrances, ne pas se limiter à une réparation pécuniaire. La *tabula rasa*, si elle favorise parfois le vivre-ensemble, peut aussi empêcher l'appropriation d'un destin collectif et resurgir plus tard, parfois plus violemment encore. La réconciliation exprime toute la dimension anthropologique du développement.

C'est ce travail qu'effectuent désormais des pays comme le Canada ou l'Australie vis-à-vis de leurs peuples autochtones. Depuis le début du XXIe siècle, le Canada a entamé un processus de réconciliation avec les premiers peuples, qui a commencé par la claire reconnaissance du fait qu'ils étaient installés très tôt avant les Européens, étaient nombreux et occupaient des aires étendues au moment du premier contact avec les « inventeurs » de l'Amérique. La réconciliation passe également par l'essor des études autochtones dans de nombreux domaines – ethnologie, droit, santé, éducation, sciences politiques, environnement, etc. –, jusqu'à aboutir à un décentrement du regard, une « décolonisation » des relations entre les autochtones et les immigrants plus récents. La prise de conscience des enjeux territoriaux liés aux premiers peuples, leur consultation systématique à l'occasion des projets d'exploitation des ressources naturelles, entrent dans ces processus continus de réconciliation.

La Convention de la Baie-James et du Nord québécois, signée en 1975, a été le premier traité moderne de réconciliation au Canada. Signé par plusieurs communautés, notamment Naskapis et Inuits, cet accord a jeté les bases d'une gouvernance autochtone à l'échelle d'un territoire ancestral et marqué des avancées majeures dans la reconnaissance des pratiques traditionnelles et la gestion des ressources naturelles. Il continue de gouverner les relations politiques entre ces citoyens et l'État canadien. Plus récemment, deux jugements en 2004 ont statué que les gouvernements provinciaux et fédéral devaient consulter les autochtones et tenir compte de leurs préoccupations dans la mise en œuvre des projets de développement. Le processus de réconciliation, la prise en compte des nations premières par l'État canadien, ne se limitent pas au domaine économique et financier, mais visent aussi leur reconnaissance culturelle, l'intégration de leurs savoirs spécifiques dans la gestion territoriale, de leur vision du monde, de leurs valeurs et de leurs normes éthiques.

La connaissance partagée des faits

Au-delà du seul respect de l'autre, la réconciliation suppose l'établissement des faits et une intelligence profonde et partagée du passé et des causes des différends. On ne se réconcilie pas sans fondement ou sur de mauvaises bases. C'est le sens chrétien du pardon et de la réconciliation : le pardon ne peut être réel qu'en connaissance de cause. Il n'est possible que si les coupables ont au préalable confessé leurs fautes. Les comptables ne parlent-ils pas de réconciliation lorsqu'ils sont parvenus à confirmer la parfaite véracité d'un chiffre, croisée à différentes sources ?

Pour se réconcilier, il faut s'entendre sur des éléments factuels, objectifs, reconnus de part et d'autre. L'Accord de Paris en 2015 n'aurait pas été possible si la réalité des effets du changement climatique n'avait pas été établie et documentée, année après année, par les rapports du Groupe d'experts intergouvernemental sur l'évolution du climat (GIEC) rendus publics depuis sa création par l'ONU en 1988. La Plateforme intergouvernementale sur la biodiversité et les services écosystémiques (IPBES) a commencé le même travail depuis 2012, s'agissant de la biodiversité.

La réconciliation est un travail, tel celui effectué par les « commissions vérité et réconciliation » dans des États qui ont connu des massacres généralisés, des hostilités à grande échelle ou de longues périodes d'oppression – notamment l'Argentine, le Burundi, le Tchad, le Chili, Haïti, l'Ouganda, les Philippines, le Salvador, la Sierra Leone, la Côte d'Ivoire ou encore l'Afrique du Sud. La mise en place de ces commissions vise, à chaque fois, à apaiser des traumatismes nationaux profonds, marqués par des violences et des drames, personnels et collectifs. Avec l'idée que la réconciliation passe par la vérité plus que par la justice qui, demandée par les victimes, ne peut souvent être rendue *a posteriori*, et parce que tout ne peut pas être réparé.

Le processus qui permet d'associer la vérité et la réconciliation est à la fois très moderne et très ancien. Il fonde le concept contemporain de « justice réparatrice », modèle avant-gardiste de justice aujourd'hui en pleine expansion, où l'on mise sur l'implication de la victime, de la communauté et du criminel, vus comme des parties centrales du processus de réparation. Or, de tels processus étaient déjà présents dans la culture africaine traditionnelle, où, à travers notamment le concept d'*ubuntu* – exprimant la réflexivité de la nature humaine et le principe de coexistence de l'individu et de la collectivité, « je suis parce que nous sommes » –, a été développée l'idée d'une justice non pénale. Dans le contexte politique sud-africain, le vocabulaire de la « réconciliation nationale », adopté par l'ensemble des dirigeants en place, rejoignait des formes de justice ancestrales, rendant possible la réintégration des responsables dans la communauté.

Les Sud-Africains ont mené une expérience unique pour refaire société, et se considérer, à nouveau et comme jamais auparavant, égaux et partenaires. Cette forme de réconciliation était liée à un contexte particulier : Nelson Mandela avait eu dans son enfance, hors des livres, l'expérience quotidienne de pratiques sociales sans domination ni délégation de pouvoir. Il avait su dans son combat politique distinguer la critique d'un système et le dialogue avec ceux qui le faisaient fonctionner. Il avait su concilier la lutte contre un adversaire et l'absence de haine. La réconciliation opérée par Mandela et De Klerk, magnifiée par leur prix Nobel de la paix conjoint de 2003 puis par le succès de la Coupe du monde de rugby en 1995[6], a permis la sortie du cycle de la vengeance, du rêve de vengeance contre les Blancs, vivant eux-mêmes dans la terreur de la vengeance des Noirs. « Une part essentielle de la grandeur de Mandela est d'avoir pris la mesure de ces deux sentiments lorsqu'il était si tentant de n'en partager qu'un. L'*ubuntu* affirme que l'oppression déshumanise l'oppresseur autant qu'elle fait souffrir l'opprimé. [...] Mandela va donc inventer une démarche inédite qui vise à dépasser le désir de vengeance par une conciliation dépassant elle-même la sphère stricte du droit[7]. »

L'Afrique du Sud[8] constitue sans doute le modèle le plus abouti des commissions de réconciliation, par les ressources financières et humaines engagées, par la durée, par le nombre de personnes concernées. En proclamant la vérité, elle a donné une assise solide à la paix rétablie. La Commission Vérité et Réconciliation a imposé l'idée que la réconciliation était indispensable pour le pays, et que tout citoyen qui ne s'était pas réconcilié était en quelque sorte exclu du projet national sud-africain. Le fait même qu'aujourd'hui les sujets de préoccupation du gouvernement et des citoyens d'Afrique du Sud soient la criminalité et la transition énergétique et non pas les injustices passées de l'apartheid, montre bien la force de cet acte fondateur et le chemin parcouru en vingt ans à peine.

L'objectif d'une telle commission est double : la réconciliation des parties d'une part, la recherche et la proclamation

6. Lire le merveilleux livre de John Carlin, *Playing the Enemy. Nelson Mandela and the Game That Made a Nation*, Penguin Books, 2009.
7. Jean-Paul Jouary, *Mandela. Une philosophie en actes*, Le Livre de poche, 2014.
8. South African Truth and Reconciliation Commission, TRC. Voir Stéphane Leman-Langlois, « Le modèle "Vérité et réconciliation". Victimes, bourreaux et institutionnalisation du pardon », *Informations sociales*, n° 127, 2005/7.

de la vérité d'autre part, deux buts qui peuvent se révéler divergents mais sont intimement liés, étant la cause l'un de l'autre. Connaître la vérité, la dire, la faire proclamer par une institution officielle, reconnaître les oppressions passées infligées à des victimes que l'ancien État avait considérées comme des criminels et des terroristes, favorise la réconciliation de tous et ouvre la voie du pardon et de la réparation. Si l'accent est mis sur la seule vérité, la mise en accusation des « oppresseurs » risque d'attiser à nouveau les tensions. À l'inverse, favoriser à tout prix une réconciliation factice peut conduire à des formes de négationnisme et d'épuration de l'histoire. La réconciliation est l'art subtil d'appréhender le passé, le présent et le futur dans un même faisceau.

Une création mutuelle

La réconciliation n'est jamais la victoire de l'un sur l'autre. Personne ne doit rendre les armes. Il est du reste illusoire de croire que les hommes, pas plus que les souverainetés, acceptent de plier le genou devant de prétendus vainqueurs, toujours contestés. Pour que la sortie de crise soit durable, il faut créer autre chose. Aussi les accords de réconciliation sont-ils tout le contraire de la justice du vainqueur. La réconciliation a une visée réparatrice : elle vise la cohésion, au-delà de l'identité de chaque partie. On ne reste pas sur son quant-à-soi. La réconciliation n'est jamais un retour au point de départ, à un âge d'or. C'est l'invention d'un nouvel état, tiers, qui modifie la réalité de chacune des parties. C'est le sens de la théorie de « l'invention de la tradition[9] » suivant laquelle le passé est souvent rappelé mais toujours reconstruit, en mobilisant les

9. E. Hobsbawm et T. Ranger, *The Invention of Tradition*, Cambridge University Press, 1983.

« lieux de mémoire », chers à mon maître Pierre Nora, et des créations culturelles originales, pour ré-établir des institutions ou symboliser la cohésion sociale et l'appartenance à des groupes, en temps de crise.

La réconciliation est nécessairement plus que la somme des deux parties. L'Allemagne réunifiée de 1990 n'est ni l'Allemagne du bloc occidental, ni l'Allemagne du bloc de l'Est, mais une nouvelle Allemagne. Et les fruits de la réconciliation sont toujours surprenants : qui aurait pu imaginer que l'Allemagne unie formerait aujourd'hui cette société qui a su, non sans tensions certes mais avec succès, accueillir plus d'un million de réfugiés en 2015 ?

Je me souviens qu'au moment de la réconciliation-réunification des Allemands de l'Ouest avec leurs « frères et sœurs de la zone soviétique », le ton était celui de l'euphorie face à la liberté inattendue, comme l'illustrait le slogan apparu immédiatement dans les grandes manifestations du printemps 1990 : « Nous sommes UN peuple ». Et, trois ans après la réunification, fut publié un manifeste intitulé : « Pourquoi il faut réconcilier ce pays[10] ». Comme si la réconciliation était une opération à tiroirs : pour réconcilier l'Allemagne, il fallait construire un pays nouveau, au-delà de la suppression des frontières et de l'institution d'un seul État. Ce nouvel État était le résultat des multiples réconciliations nécessaires : la réconciliation psychologique, sociale et culturelle des Ossis et des Wessis, la réunion de deux parties d'un même peuple divisées de manière extrêmement inégale, de deux sociétés qui avaient évolué pendant quarante ans dans des directions opposées, la réappropriation enfin d'un passé commun que ni les uns ni les autres n'avaient,

10. Marion Dönhoff, *Weil das Land Versöhnung braucht*, Rowohlt, 1993.

de manière différente, assumé, et l'entrée commune dans le projet européen.

L'Allemagne créée en 1990 n'était pas la résurrection des Allemagnes précédentes, dans ses frontières ou dans sa structure – ni République de Weimar, ni Prusse bismarckienne. La réconciliation n'est pas la reconstitution d'un état antérieur. Le terme même de « réunification » était sans doute trompeur, en tout cas illusoire – cette illusion que l'on retrouva dans le discours politique, qui visa à faire croire aux Allemands de l'Est que le rattrapage du niveau de vie occidental serait rapide, et aux Allemands de l'Ouest que la réunification ne leur imposerait aucun sacrifice. Il fallut encore mettre en place de puissants mécanismes de redistribution financière pour effacer progressivement les frontières physiques, économiques et mentales : 2 000 milliards d'euros de transferts en vingt-cinq années, soit le produit intérieur brut annuel de la France, qui dit mieux ? Le terme « réconciliation » n'aurait-il pas été plus adapté ?

Un processus endogène

La réconciliation ne suit jamais un modèle imposé de l'extérieur. Elle ne se conforme pas à un référentiel préétabli. Elle est un processus et un aboutissement que les parties génèrent elles-mêmes, en fonction de leur propre point de départ, de leurs capacités et de leurs aspirations. On l'a vu *a contrario* à de nombreuses reprises lorsque des autorités extérieures interviennent trop simplement dans les processus de pacification et de réconciliation post-conflit.

Les nombreux conflits armés en Yougoslavie dans les années 1990 constituent l'exemple d'une articulation difficile entre l'international et le local[11]. Le Tribunal pénal international pour l'ex-Yougoslavie lui-même ne freina-t-il pas parfois le processus de réconciliation, dans la mesure où son travail ne fut pas suffisamment expliqué aux populations locales ? De nombreux verdicts déclenchèrent des réactions nationalistes virulentes, jusqu'à parfois renforcer les attitudes de déni et le sentiment d'injustice.

La réconciliation doit venir de l'intérieur des sociétés, et ne peut pas être menée à bien uniquement par le travail judiciaire. Ainsi, l'idée de créer une commission vérité et réconciliation pour la seule Bosnie-Herzégovine, fortement poussée par les institutions internationales, se heurta rapidement à l'opposition de nombreux acteurs locaux, qui refusaient en particulier l'éventuelle amnistie qu'impliquait la référence sud-africaine. Inversement, une coalition fut constituée avec succès en 2006, regroupant des ONG locales et des associations de victimes, où le rôle des acteurs internationaux fut bien moindre, initiative non pas limitée à la seule Bosnie-Herzégovine mais à dimension régionale incluant aussi la Croatie, le Kosovo, la Macédoine, la Serbie et la Bosnie. Au modèle sud-africain furent préférées d'autres sources d'inspiration, l'Amérique du Sud ou l'Allemagne notamment, qui apparaissaient plus adaptées au cas des Balkans. Face aux attitudes de déni, l'accent fut mis sur la justice transitionnelle et sur la reconnaissance des faits, des demandes propres à l'ex-Yougoslavie, et auxquelles un processus international standard n'était pas adapté[12]. La réconciliation, pour être réussie, doit prendre en compte les spécificités locales, éviter les solutions toutes faites, et nourrir la confiance réciproque.

11. Nicolas Moll, « La réconciliation ne peut pas être imposée de l'extérieur. La difficile interaction entre l'international et le local dans le champ de la réconciliation en ex-Yougoslavie », *Les Cahiers Sirice*, n° 15, 2016/1.
12. *Ibid.*, p. 95.

Le dépassement des contraires

La réconciliation est une dialectique, qui permet de prendre conscience de liens qui unissent profondément des choix d'apparence opposés et de les dépasser. La réconciliation ne se limite pas à réduire les tensions. Elle réussit à dépasser, à conjuguer, à réagencer.

N'était-ce pas l'ambition de la réconciliation du capital et du travail, prôné au lendemain du second conflit mondial ? Cet idéal, peut-être inatteignable, qui prit notamment la forme de la Participation prônée par le général de Gaulle, pour associer les salariés aux résultats de leur entreprise et substituer la coopération à la lutte des classes. La Participation, aux heures exigeantes de la Reconstruction, semblait le moyen de mobiliser l'ensemble des forces vives indispensables au relèvement du pays : « Il faut que tout le monde s'y mette et que chacun y ait intérêt. Assez de ce système absurde où, pour un salaire calculé au minimum, on fournit un effort minimum, ce qui produit collectivement le résultat minimum. Assez de cette opposition entre les divers groupes de producteurs qui empoisonne et paralyse l'activité française », déclarait le Général aux mineurs de Saint-Étienne en 1948. Il prônait un nouveau régime, qui « règle les rapports humains de telle sorte que chacun participe directement aux résultats de l'entreprise à laquelle il apporte son effort et revête la dignité d'être, pour sa part, responsable de la marche de l'œuvre collective dont dépend son propre destin. N'est-ce pas là la transposition sur le plan économique, compte tenu des données qui lui sont propres, de ce que sont dans l'ordre politique les droits et les devoirs du citoyen[13] ? ».

13. Charles de Gaulle, *Mémoires d'Espoir*, Plon, 1970.

L'Allemagne est sans doute le pays qui est allé le plus loin dans la participation de représentants des salariés dans les organes de décision des grands groupes. Dans les plus grandes entreprises, les salariés ont des représentants au conseil de surveillance, désignent les dirigeants, les contrôlent, valident les projets importants de fusions ou d'investissements. La cogestion à l'allemande, ce fameux « modèle rhénan » aujourd'hui sérieusement écorné, fut une manière de réconcilier actionnaires et salariés et d'éviter les conflits sociaux. Elle a assurément contribué à la forte cohésion sociale en Allemagne et à la réussite de son modèle économique. Développée après la défaite de 1945, elle visait à rompre avec l'autoritarisme impérial, à éviter la concentration du pouvoir économique, selon un principe parallèle à celui du fédéralisme qui distribuait le pouvoir politique entre l'État fédéral de Bonn et les Länder. Forme de réconciliation économique, inscrite au cœur du droit des entreprises, elle favorisait la discussion et la transparence, l'implication et la participation du plus grand nombre. Processus démocratique, elle ralentissait certes la prise des décisions, mais celles-ci pouvaient ensuite être appliquées de manière plus simple et plus rapide, puisque les solutions retenues avaient reçu *ex ante* l'approbation de tous. La réconciliation, processus qui peut paraître exagérément lent, pourrait bien être la voie la plus sûre et la plus rapide vers le succès collectif.

À l'heure où l'on oppose trop simplement climat et croissance, public et privé, villes et campagnes, prenons conscience qu'il existe des réconciliations possibles, remettant en cause, si nécessaire drastiquement, les équilibres du moment pour faire progresser nos sociétés tout en préservant l'environnement, pour peu que nous en retrouvions l'ambition et réinventions la méthode à suivre collectivement.

Un changement dans la réalité

Car il n'y a pas de réconciliation durable sans changement dans la réalité, sans solutions concrètes d'où émerge une satisfaction réelle pour l'ensemble des acteurs concernés. La réconciliation associe de manière unique les paroles et les actes. Jusqu'à ce que tous constatent qu'il s'est passé quelque chose. Que la réalité a été changée.

C'était l'espoir des accords de Nouméa, partiellement tenu. C'est l'idée qui prévaut dans les discussions actuelles autour de l'avenir de Mayotte et des Comores.

En Nouvelle-Calédonie, les positions des Kanaks et des Caldoches étaient parvenues à la fin des années 1990 à un tel point de divergence que les affrontements risquaient de jeter définitivement le territoire dans la guerre civile. Les accords de Matignon de 1988 ont permis aux deux camps de sortir de la crise par le haut et de s'engager dans un dialogue politique sur la voie d'un destin commun. Michel Rocard, auquel toutes les parties prenantes ont rendu un vibrant hommage comme artisan de la paix, a raconté avec beaucoup d'émotion la genèse de ces accords. Avec une recommandation simple : « Penser long. Il y aura encore des choix difficiles à faire, mais l'avenir de la Nouvelle-Calédonie est assuré si les deux communautés en discutent ensemble. Il faut éviter tout ce qui clive de nouveau, et il est nécessaire de poursuivre le rééquilibrage économique. Il y a aujourd'hui toujours plus de Kanaks que de Caldoches au chômage, et on sait bien que d'un déséquilibre économique et social moderne peut facilement surgir un conflit ethnique archaïque[14]. »

14. *Kanak*, hors-série de *Télérama*, octobre 2018, reprise d'une interview avec Olivier Milot parue le 7 octobre 2013.

Ce message continue d'être actuel, si l'on en juge par le résultat du référendum du 4 novembre 2018. Celui-ci reflète une démocratie vivante, où le résultat des urnes dément les pronostics des sondages. Le maintien dans la République française est confirmé, mais l'impatience sur la situation économique et sociale s'est exprimée avec force, signe sans doute d'une réconciliation encore inachevée. Depuis une génération, la société civile et politique de la Nouvelle-Calédonie a su faire preuve d'une maturité exceptionnelle pour avancer ensemble dans le dialogue et l'écoute, avec un comité des signataires comme instance de discussion et de régulation des différends et un congrès qui permet la représentation démocratique et pluraliste des forces politiques en présence. De nombreux pouvoirs ont été dévolus au territoire par l'État, perçu comme une instance désormais neutre et impartiale. Les uns et les autres ont appris à s'écouter et à faire évoluer leurs positions, notamment en termes de partage du pouvoir politique et économique. Qu'en sera-t-il demain, pour dresser les contours de l'après-2022 ? Gageons que l'expérience accumulée saura être racontée et transmise aux jeunes générations, pour que le passage de témoin préserve les acquis de la paix et libère le potentiel économique du territoire.

Une réconciliation suppose un accord fondateur, un changement dans la réalité et un mécanisme de suivi précis et légitime pour vérifier dans la durée que les promesses ont été tenues. Les dispositions de l'Accord de Paris en matière climatique évoquées au chapitre précédent prévoient ainsi tous les cinq ans une mesure des progrès accomplis ou des retards pris, de façon à relever sans cesse l'ambition. La réconciliation vise à atteindre un ajustement progressif, jamais atteint peut-être mais toujours recherché, des croyances, des idées, des motivations, des comportements, des intérêts des différentes parties.

Une trame tissée dans la durée

La réconciliation doit enfin recréer des liens dans la durée, tisser une trame serrée entre ceux qui se sont affrontés. Il existe des processus qui ont pour seul effet d'arrêter un conflit, et qui se limitent à la coexistence froide des combattants enfin séparés, anciens ennemis résolus à ne jamais coopérer mais convaincus, de guerre lasse, de ne plus se faire la guerre. La réconciliation va au-delà et vise à ce que les parties réussissent à se respecter, à discuter puis à vivre ensemble. Une réconciliation réussie est plus qu'un accord fait d'un seul fil. C'est une trame, tissée de multiples fils, de multiples dimensions, économique, politique, culturelle, sociale, humaine. Deux peuples réconciliés, travaillant ensemble, c'est un faisceau de filaments qui se sont unis, c'est une trame solide dans le temps. C'est en ce sens que le général de Gaulle affirmait que le traité de l'Élysée conclu avec le chancelier allemand Adenauer le 22 janvier 1963 avait « scellé la réconciliation ». La réconciliation était ce travail dynamique, engagé entre toutes les composantes de nos deux peuples, qui pouvait à un moment trouver une forme officielle dans un acte unique, mais le dépassait en chronologie et en profondeur, sans se réduire à un état atteint à un moment donné. Cinquante-cinq ans plus tard, on en parle encore et l'amitié franco-allemande vient de prendre une nouvelle forme, à Aix-la-Chapelle, le 22 janvier 2019.

La réconciliation, surtout, prend du temps, beaucoup de temps. Elle n'est pas immédiate. Les efforts de pacification doivent avoir lieu le plus rapidement possible pour se substituer à la violence. Mais la réconciliation et le développement qu'elle libère ne sont pas des projets à impact rapide. C'est le résultat d'un travail patient d'écoute, d'étude, d'engagement, d'évaluation. Autant les conflits ont une date de début et une date de fin, autant les réconciliations sont des processus qui se construisent dans la durée, s'appuient sur une maturation progressive des esprits, des sociétés, des cultures. Il faut parfois des générations, et non pas seulement quelques années, pour transformer les relations et parvenir à s'entendre. N'a-t-il pas fallu soixante années pour rédiger enfin des manuels scolaires franco-allemands ? La réconciliation suit son propre rythme, qui ne peut pas être accéléré de l'extérieur. En témoigne cette réflexion du cinéaste Rithy Panh évoquant les milliers de Cambodgiens qui furent torturés et exécutés dans le centre S21 à Phnom Penh : « Je ne crois pas à la réconciliation par décret. Et tout ce qui se résout trop vite m'effraie. C'est la pacification de l'âme qui amène la réconciliation, et non l'inverse. [...] Je crois au travail dans le temps, au travail du temps. Je veux comprendre, expliquer, me souvenir – dans cet ordre précisément[15]. »

Ainsi, le processus de réconciliation au Chili n'a-t-il toujours pas pris fin. Le travail de la justice ne pourra jamais être achevé du fait du décès d'Augusto Pinochet en 2006, avant qu'il ait pu être jugé par un tribunal. Mais d'autres avancées vers la réconciliation ont eu lieu : la révision de la Constitution de 1980, la reconnaissance de lieux de mémoire, la construction d'un Musée de la mémoire et des droits de l'homme, le jugement de certains responsables. Et la réconciliation progresse, toujours fragile, toujours en construction : chaque répression d'une manifestation ramène les esprits à l'époque dictatoriale. La réconciliation chilienne est un mouvement, non encore abouti, qui articule la mémoire individuelle et la mémoire collective, gauche et droite, État et citoyens, les générations entre elles, et qui doit se frayer un chemin entre la voie de la vérité et de la justice, d'une part, et celle du pardon et de l'oubli, d'autre part.

15. Rithy Panh et Christophe Bataille, *L'Élimination*, Grasset, 2012.

Acceptation de l'autre, connaissance partagée des faits, création mutuelle, processus endogène, dépassement des contraires, changement dans la réalité, trame patiemment tissée : tels sont les ingrédients d'une réconciliation réussie. N'est-ce pas le mandat, exigeant, ambitieux, que pourraient désormais suivre les maisons de développement dont le rôle est précisément, en mobilisant leurs financements et leurs expertises, de changer la réalité et créer le maximum de liens possible ? La politique de développement est une somme de projets, un réseau de liens. À la base, là où le tissu se forme, là où les réconciliations se construisent.

CHAPITRE IV

Histoires de réconciliations

Après avoir pris volontairement, au chapitre précédent, des exemples de réconciliations sans lien direct avec la politique de développement, afin de mesurer la force de ce concept et d'en dégager les traits principaux, je voudrais à présent vous faire partager ma conviction que cette politique constitue l'instrument le plus utile et constructif pour forger des réconciliations durables et concrètes. À condition de la renouveler, de la renforcer significativement et de choisir collectivement de prendre le chemin de la coopération et de l'entraide plutôt que celui de l'autosuffisance et du chacun pour soi.

Le travail de réconciliation est pour moi la réponse à apporter aux maux de ce début de XXIe siècle. Et il n'y a pas de réconciliation durable sans développement et pas de possibilité de développement sans réconciliation. Mieux, le travail de développement lui-même est un germe de réconciliation. L'accord, la concorde entre les parties, est à la fois la condition du succès des projets de développement mais aussi leur produit. La réconciliation constitue l'objectif ultime de la politique de développement et celle-ci est l'outil privilégié des réconciliations, plurielles, toujours situées, précises sur lesquelles elle cherche à agir.

Les modes actuels de mesure du résultat de l'aide au développement sont très insuffisants. Ses résultats sont le plus souvent mesurés seulement par des variables financières – engagements, décaissements, comme le font les banques –, au prix d'une approche réduite à une trop simple course au volume, ou bien par l'impact matériel des projets – le nombre de personnes raccordées au réseau électrique, le nombre de jeunes filles scolarisées, le nombre de tonnes de CO_2 économisées, etc. C'est utile et nécessaire, bien sûr, mais tellement réducteur. Il s'agit toujours d'un instantané, d'une photographie, et cette approche quantitative est *in fine* souvent décevante. Elle ne parvient pas à capter ce qu'un projet de développement réussi a su créer pour le renforcement du lien social, le débat public, les trajectoires des pays et la qualité des politiques publiques.

Notre action auprès des gouvernements et des populations devrait au contraire être mesurée en fonction de sa contribution au renforcement de la trame économique, environnementale et sociale des territoires où nous intervenons. Et les projets que nous accompagnons devraient être choisis en fonction de leur potentiel de réconciliation : est-ce qu'après notre intervention, territoires et communautés sont devenus effectivement plus stables, plus justes, plus prospères et plus durables ? En supprimant les blocages, en rétablissant la confiance, en réduisant les inégalités, en traitant une gouvernance désaccordée, quelle réconciliation avons-nous contribué à libérer ?

Pas de bonnes intentions, ni de naïveté ici. La réconciliation est le fruit d'un savoir-faire, d'un métier, d'une méthode. Patiente, exigeante, souvent insatisfaisante. Je la nomme la méthode des 4 E – écouter, étudier, s'engager, évaluer. Je l'ai apprise en voyant travailler l'Agence française de développement que je dirige. Une méthode, une expertise, une expérience – peut-être même une forme de sagesse, qui sait ? – qui se sont accumulées avec le temps dans une institution comme l'AFD, sans nulle autre pareille, fondée par le général de Gaulle le 2 décembre 1941, qui intervient, au nom de la France, dans les territoires et auprès des peuples les plus lointains.

En trois ans, j'ai fait plus de cent déplacements, dans toutes les régions du monde. Je le confesse, je voyage trop, et la compensation du carbone émis n'est qu'un palliatif très insatisfaisant. Mais ce travail, à la rencontre de mes collègues et de mes partenaires, m'a permis, j'espère, de faire œuvre utile et aussi de trouver les exemples suivants, entre mille, de notre travail, dont je veux vous faire le récit comme autant de réponses modestes mais concrètes, réelles, au ras du sol, aux fracturations évoquées au premier chapitre de ce livre.

Réconciliation sociale en Colombie

Quel bonheur de se retrouver dans la cuisine de Federico Gutiérrez, le dynamique et chaleureux maire de Medellín, en octobre 2016, le jour de l'anniversaire de son dernier enfant ! Et de l'entendre nous raconter le parcours exemplaire de sa ville, dont le nom était jusque dans les années 1990 tristement associé au cartel de la drogue dirigé par Pablo Escobar. Le déclencheur de la réconciliation de cette cité, un temps la plus dangereuse du monde, fut la construction d'un système de transport ambitieux et innovant, qui redonna une cohésion sociale à une collectivité dont la géographie porte spectaculairement la marque de l'inégalité entre les populations les plus aisées, installées dans la vallée, et les populations pauvres cantonnées dans les favelas des hauteurs et des pentes de l'immense cuvette qui entoure Medellín.

Un financement international permit en effet de construire une ligne de tramway et cinq lignes de Métrocâble. Ce système maillé multimodal et de grande qualité, robuste et régulier, qui relie désormais les quartiers déshérités et le centre-ville touche quotidiennement 350 000 personnes. Lors de l'inauguration de la ligne H, j'ai vu dans les yeux des habitants de ces quartiers relégués la lueur de la dignité et de la fierté recouvrées.

Cet équipement a constitué bien plus qu'une simple infrastructure pour la mairie de Medellín. C'est un puissant outil de mobilisation sociale et citoyenne pour que les quartiers périphériques participent à la dynamique urbaine globale. Plus de 200 000 habitants participèrent aux phases de conception et de travaux, à travers un dispositif de concertation multigénérationnelle, par l'accompagnement des riverains impactés, la formation et le recrutement de la main-d'œuvre locale. L'effet en fut à la fois le désenclavement des populations précaires, l'amélioration des conditions de vie et la réduction des émissions de gaz à effet de serre par la mise en place de systèmes de transport plus propres.

Cerise sur le gâteau, ce projet, financé par l'AFD pour un montant de 250 millions de dollars, libéra plusieurs innovations, pleines de promesse. La société POMA, qui avait équipé en téléphériques toutes les stations de sport d'hiver des Alpes et des Pyrénées, au coude à coude avec son concurrent éternel, la société autrichienne Doppelmayr, a réinventé sa technologie et son modèle économique dans ce nouvel environnement urbain. Aujourd'hui, Medellín est la vitrine technologique du groupe et le « Métrocâble » est devenu un moyen recherché pour tous types de franchissements d'obstacles en milieu urbain, y compris en France où de très nombreux projets de ce type sont aujourd'hui en cours. Un bel exemple d'innovation partagée, qui naît au Sud et revient en France, pour le plus grand bénéfice de nos concitoyens.

Seconde innovation décisive, le produit financier proposé par l'AFD à Medellín était un prêt dit « non souverain », non étatique, une de nos toutes premières opérations de financement direct au profit d'une collectivité locale du Sud, sans demander la garantie de l'État, colombien en l'occurrence. C'était, là aussi, une innovation majeure : en traitant directement avec un acteur local, sans peser sur la dette de l'État central, nous avons permis d'accroître la capacité d'investissement du pays et d'apporter aux populations de ce territoire en crise des services essentiels et du lien social.

La réconciliation implique en effet d'être capable de parler, voire de contracter, avec toutes les parties et de les financer, pour répondre aux besoins des populations. Cette ouverture et cette disponibilité sont capitales pour intervenir dans des pays où l'État central n'est pas toujours accepté et peut même parfois être l'obstacle principal au retour de la paix et au développement. En l'occurrence, l'acteur qui permit de ramener la paix fut moins l'État colombien que la mairie de Medellín, qui a su recréer du collectif et retisser le lien social. Un magnifique exemple de réconciliation auquel je suis fier que l'AFD ait pris une part.

Ce projet exemplaire à Medellín a contribué à créer un lien très fort entre la France et la Colombie. Quand le président Santos a signé un accord historique avec les rebelles des FARC en novembre 2016, c'est vers notre pays qu'il s'est tourné pour œuvrer au travail de réconciliation. Plusieurs projets ont été lancés, autour de la question cruciale du droit foncier dans les zones rebelles ou encore dans la ville de Buenaventura, principal port colombien pour le commerce international dans le Pacifique et l'une des villes les plus affectées par le conflit. Les organisations de la société civile, appuyées par l'AFD, y forment les populations à la connaissance de leurs droits et assurent l'accompagnement juridique et le suivi psychologique des victimes. Elles interviennent dans des zones urbaines et rurales de Buenaventura contrôlées par des bandes criminelles. L'organisation Taller Abierto en particulier agit auprès des jeunes et des femmes à travers diverses activités (formation, culture, art, sport) pour créer des environnements protecteurs et des espaces de dialogue, dont les bienfaits sont multiples : renforcement de capacités d'action des jeunes, appropriation de leur propre culture, apprentissage des droits, débat public.

Ces différents projets pour accompagner la construction de la paix – nous avons même cherché à travailler à Medellín avec l'association « Cuisine mode d'emploi(s) » de Thierry Marx qui œuvre à la réinsertion par la cuisine ! – contribuent à reconstruire et renforcer le tissu communautaire mis à mal par le conflit armé, tout en veillant à respecter les modèles de développement alternatif des populations afro-colombiennes et autochtones sur leurs territoires. Ils forment un terreau fertile, sur lequel une réconciliation durable sera rendue, je l'espère, possible.

Réconciliation de genre en Turquie et en Inde

Combattre les inégalités entre hommes et femmes constitue un autre important ferment de réconciliation. Je l'ai constaté lors d'un voyage en Inde en mars 2018, aux côtés du président de la République et du ministre des Affaires étrangères, dans ce pays où les femmes ont un taux d'accès aux emplois très inférieur à celui des hommes – elles représentent moins de 20 % des emplois salariés dans le secteur non agricole – et où elles sont victimes de discriminations sévères dans les transports, au point de se déplacer à pied beaucoup plus souvent que les hommes.

Dans un tel contexte, la construction d'un métro, à nouveau, peut changer bien des choses. C'est le projet que nous a présenté en 2013 la municipalité de Kochi, une ville fortement congestionnée, ségréguée et polluée, et que nous avons financé au moyen d'un prêt de 350 millions d'euros au profit de l'État fédéral du Kerala. Le projet a été conçu avec le syndicat des transports de Lyon, créant un lien fort entre une collectivité française et son homologue indienne.

La société de métro, maître d'ouvrage du projet, a engagé une action forte pour promouvoir l'emploi des femmes en son sein. Les femmes bénéficient ainsi de la majorité des emplois créés (billetterie, aménagement paysager, jardinage, gestion des déchets, nettoyage, etc.) et représentent aujourd'hui 80 % des effectifs. Les trois quarts des femmes employées sont issues de castes très pauvres du Kerala. Il y a même des conductrices, une première en Inde !

Le projet vise également à améliorer la sécurité des femmes dans l'espace public. Des sièges leur sont réservés dans les voitures, et des taxis conduits par des femmes leur sont proposés à certaines sorties de métro (opération She-taxi). La suppression des rames réservées aux femmes au profit de places prioritaires pour favoriser la mixité dans les transports constitue une autre innovation sociale. Lorsque cette expérience a été répliquée dans d'autres États, ces derniers se sont posé la question de la mixité et ont trouvé leur propre réponse. Toutes ces mesures contribuent à renforcer le sentiment de sécurité.

Ce projet réalisé, notre collaboration avec les services de planification urbaine de Kochi touche désormais à la mobilité urbaine dans son ensemble et le rôle des femmes est intégré de manière systématique dans la conception des plans d'urbanisme, à l'échelle de la ville tout entière. Pour les transports fluviaux, des *self-help groups* de femmes se sont ainsi constitués, impliqués dans le dialogue avec la société civile pour faire avancer les choses.

Prenant appui sur ces initiatives très concrètes, le changement des mentalités est en cours. Le métro est devenu un modèle de transport urbain à impact social en Inde, et l'image du Kerala est devenue positive à l'échelle de la Fédération indienne dans son ensemble. L'AFD reçoit à présent des demandes de financement nombreuses de toute l'Inde, car maintenant « on veut Kochi » pour sa ville !

De même, la Turquie figure parmi les pays où le taux d'emploi des femmes est le plus faible, inférieur à 30 %, alors qu'il atteint près de 60 % en moyenne OCDE comme dans l'Union européenne. En septembre 2017, moins de 9 millions de femmes sur les 30 millions qui sont en âge de travailler disposeraient d'un emploi dans le pays. Loin d'une réconciliation !

Cigdem Içel, la très dynamique vice-présidente de la Türkiye Sinai Kalkinma Bankasi (TSKB), m'a expliqué que pour comprendre cette situation, un travail de recherche approfondi sur les freins à l'employabilité des femmes dans la région méditerranéenne a été nécessaire, financé par l'AFD et partagé avec nos partenaires turcs. La TSKB, une banque de développement très active sur les questions environnementales et sociales, a ensuite sollicité l'AFD pour financer des projets bénéficiant directement à l'emploi des femmes et visant à mettre en conformité les entreprises avec la réglementation turque en matière de parité, de santé et de sécurité au travail.

Une ligne de crédit de 100 millions d'euros a été mise à disposition de la banque pour financer des prêts dédiés à l'amélioration de la situation des femmes. Les entreprises qui sollicitent un prêt auprès de la TSKB doivent ainsi se soumettre à un exercice d'autoévaluation sur la situation des inégalités femmes-hommes en leur sein, puis définir un plan d'action sur le genre que l'entreprise doit ensuite appliquer pour accéder au financement. Octroyé en 2016, ce projet alimente aujourd'hui les discussions que nous avons avec d'autres institutions financières, pour appliquer la même méthode à d'autres lignes de crédit.

Ces exemples en Turquie et en Inde montrent la possibilité, en employant les outils concrets de la politique de développement, d'amorcer des réconciliations, y compris dans des sociétés aussi hiérarchisées et marquées par des interdits que celles de ces deux grands pays.

Réconciliation territoriale au Tchad

Les écosystèmes sahéliens sont profondément impactés par le changement climatique, au prix souvent de fortes tensions entre communautés. Je l'ai compris en juillet 2016 en me rendant à N'Djamena pour inaugurer un vaste programme de remise en eau de canaux d'irrigation dans la région du Bahr Linia, zone périurbaine de production où cohabitent agriculteurs et éleveurs, sédentaires ou transhumants et dont l'alimentation par le fleuve Chari avait cessé. En investissant sur plus de 40 kilomètres de canaux, ce sont 2 000 hectares de terres agricoles, un renouveau de la pisciculture et l'aménagement de zones d'accueil des troupeaux des éleveurs transhumants, qui ont été rendus possibles, contribuant à réduire les tensions locales et à améliorer le sort des populations.

Le secteur de l'hydraulique pastorale est stratégique au Tchad. Les systèmes pastoraux contribuent fortement au PIB tchadien et reçoivent aujourd'hui une attention grandissante comme exemples de résilience au changement climatique. À la reconnaissance de leur apport économique s'est ajoutée celle de leur valeur écologique, et comme espace politique, les économies pastorales extensives apparaissant désormais seules capables de gérer efficacement et dans la durée de vastes étendues.

On a cru un temps que la modernité rendait dépassé le maintien du pastoralisme et qu'il était indispensable de mener au Tchad une politique de sédentarisation accélérée des populations nomades. Dans ce contexte, où l'hydraulique pastorale était vue comme l'instrument clé de la sédentarisation, les projets de l'AFD qui visaient à l'inverse à garantir la mobilité pastorale étaient extrêmement innovants, voire dérangeants. Dès 1993, l'AFD s'est appuyée sur les autorités traditionnelles et a fait le plaidoyer pour une citoyenneté mobile. À contre-courant des pratiques et des politiques du milieu des années 1990, prônées en particulier par la Banque mondiale qui préconisait la mise en place de comités « modernes » avec paiement de l'eau, l'AFD a fait le choix de privilégier les modes de gestion coutumiers des points d'eau et de prôner la gratuité de l'eau pastorale. Ces deux principes évitaient l'appropriation des points d'eau par les membres du comité – par la force des choses majoritairement sédentaires – et la discrimination, voire l'exclusion des pasteurs, à l'origine de très vives tensions sociales et politiques.

Nous avions l'intuition que les pasteurs nomades préfiguraient une citoyenneté plus respectueuse des territoires, plus ouverte aux autres et soucieuse de l'indispensable préservation des écosystèmes. Nous avons donc fait la promotion d'instruments d'aide à la décision politique intégrant la mobilité, notamment les questions d'appartenance territoriale et d'habitat mobile, la promotion d'une perception partagée du patrimoine commun qu'est l'élevage transhumant, et la promotion de services sociaux adaptés à la mobilité des troupeaux. La prise en charge de toutes ces actions passait nécessairement par la construction d'une société civile pastorale forte.

Au final, les programmes d'hydraulique pastorale financés par l'AFD depuis vingt ans au Tchad ont initialement consisté en des investissements physiques, le bornage des axes de transhumance et la mise en place de points d'eau pour sécuriser les passages et accroître la production animale. Progressivement, ces projets ont été repensés de manière plus globale comme un programme de gestion concertée de ces investissements par les différents usagers, les agriculteurs sédentaires comme les éleveurs nomades. Des instances de dialogue et de concertation ont été mises en place au niveau local, associant les pouvoirs coutumiers, les services décentralisés et les rouages de l'administration publique en charge de cette question hautement sensible. La valorisation des structures traditionnelles dans les mécanismes de gestion des ouvrages et de prévention des conflits a permis une gestion de proximité de la mobilité pastorale par les acteurs locaux eux-mêmes. L'investissement dans la résolution des conflits par le dialogue a été la contribution durable de ces projets à la paix sociale, comme l'a montré récemment une évaluation indépendante[16].

Le cas de l'hydraulique pastorale au Tchad offre l'exemple d'une politique de réconciliation au long cours, fondée sur l'écoute des populations, sur des gouvernances locales et sur le respect du droit coutumier. Ces enseignements sont valables pour l'ensemble de la zone sahélienne, particulièrement exposée aujourd'hui à ce type de tensions, sous l'effet notamment du changement climatique.

Réconciliation climatique au Burkina Faso

Imaginez devant vous 130 000 panneaux solaires installés sur 60 hectares. C'est le spectacle exceptionnel offert par la ferme solaire de Zagtouli, à proximité immédiate de Ouagadougou. Construite par un consortium franco-allemand, gérée par la Société nationale d'électricité du Burkina Faso (SONABEL) et financée par l'Union européenne et l'AFD, la plus grande ferme solaire d'Afrique de l'Ouest est dotée d'une puissance de 33 mégawatts. Ce site, inauguré en novembre 2017 par les présidents Kaboré et Macron le 30 novembre 2017, produira à lui seul l'équivalent de 5 % des besoins énergétiques de l'ensemble du pays. Jusqu'alors, la consommation d'électricité au Burkina Faso progressait de 7 % par an, et la production, assurée par des centrales thermiques uniquement, était insuffisante pour répondre à la demande, le déficit chronique d'offre entraînait des délestages importants. Et le coût de revient très élevé de l'énergie thermique fragilisait la situation financière de la SONABEL, qui vend l'énergie à perte.

16. Voir https://www.afd.fr/fr/evaluation-des-interventions-de-lafd-dans-lhydraulique-pastorale-au-tchad

L'investissement dans la centrale de Zagtouli a permis de démontrer qu'il est possible dans le Sahel de concilier efficacité économique, réponse aux besoins sociaux et lutte contre le changement climatique. Le projet, qui a permis la création de 400 emplois, constitue une première base de compétences dans le domaine du solaire. Le plan national Yeleen, élaboré par le gouvernement burkinabé et soutenu par le Fonds vert pour le climat, l'Union européenne, la Banque africaine de développement et l'AFD, va permettre de faire passer à une échelle supérieure d'ici à 2025 la production d'énergie solaire, jusqu'alors inexistante au Burkina Faso à l'exception de dispositifs individuels ou pour le fonctionnement de petits réseaux ruraux. Cette politique sectorielle complète contribuera également, au-delà des investissements publics initiaux, à fixer un cadre favorable aux investissements du secteur privé dans ce domaine.

Zagtouli s'inscrit également dans une logique de déploiement de l'énergie vers les populations rurales en particulier au nord du pays, aujourd'hui déstabilisé par la menace terroriste, là où l'AFD a également finalisé récemment un vaste programme de branchements sociaux, permettant de connecter 25 000 foyers et de nombreuses petites entreprises de cette région.

Premier projet de ce type au Burkina, la centrale de Zagtouli a également vocation à susciter un effet d'entraînement pour accroître la production d'énergies renouvelables dans toute l'Afrique de l'Ouest. C'est sur ce même site de Zagtouli qu'arrive la ligne d'interconnexion entre le Burkina Faso et le Ghana, ouvrant la voie à une stratégie de déploiement et d'utilisation des énergies renouvelables à l'échelle de la Communauté économique des États de l'Afrique de l'Ouest (CEDEAO) tout entière, pour éviter des surcapacités ou un recours trop important, pays par pays, aux énergies fossiles.

Au Burkina Faso, c'est l'apport d'une énergie propre en grande quantité qui peut contribuer à concilier développement économique et lutte pour le climat, ainsi qu'à stabiliser des territoires vulnérables à des infiltrations terroristes en montrant aux populations que des services publics sont mis à leur disposition rapidement et à moindre coût. L'accès à une énergie peu coûteuse était du reste la demande principale des chefs d'État africains lors de la COP21, pris dans le dilemme entre recourir à des énergies fossiles (charbon, fioul, gaz) pour apporter vite et à moindre coût l'électricité aux populations, et le choix des énergies renouvelables (hydroélectrique, éolien, solaire, biomasse, etc.) encore souvent plus chères ou intermittentes et nécessitant des incitations.

Réconciliation financière à Mayotte

Je connais bien l'archipel des Comores. Administrateur pendant trois ans de la banque centrale de l'Union des Comores, j'ai visité les îles de Grande Comore, d'Anjouan et de Mohéli. Et je me suis aussi rendu à Mayotte, département français durement touché par l'extrême fragilité de ses voisins, par une grave pénurie d'eau et dont le taux de chômage, des jeunes en particulier, est le plus élevé de France. L'AFD, dont les équipes travaillent à Moroni comme à Mamoudzou, souhaite contribuer à réduire les tensions apparues dans chacun de ces territoires.

Nous le faisons notamment à Mayotte en mobilisant fortement l'ADIE, association reconnue d'utilité publique qui aide des personnes éloignées du marché du travail et du système bancaire à créer leur entreprise et ainsi leur propre emploi grâce au microcrédit. C'est l'ADIE, créée en 1988 par Maria Nowak jusqu'alors salariée de l'AFD, qui a adapté à la France le principe du microcrédit. Ce mécanisme financier innovant, inspiré de la Grameen Bank créée au Bangladesh par Muhammad Yunus, Prix Nobel de la paix 2006, a largement fait ses preuves dans les pays en voie de développement, en Asie, en Afrique comme en Amérique latine, et a permis à des millions de personnes pauvres à travers le monde de vivre de leur travail grâce à ce type de financement.

C'est l'objectif que poursuit l'ADIE à Mayotte, où le contexte économique et le tissu économique local dominé par les activités informelles à faible valeur ajoutée sont peu favorables pour ceux qui entrent sur le marché du travail, en premier lieu les femmes et les jeunes. Les Mahorais qui se tournent vers l'entrepreneuriat sont souvent bloqués par le manque de ressources propres, la méconnaissance des réglementations françaises et européennes et la difficulté d'accéder aux services bancaires. Les caisses de microcrédit leur offrent une alternative pour financer leur activité : l'association permet aux allocataires des *minima* sociaux, aux chômeurs et à tous ceux qui n'ont pas accès au système bancaire traditionnel de créer leur propre emploi.

Cette politique a un impact fort : le microcrédit a permis à des pêcheurs locaux de monter leur entreprise, d'acquérir des bateaux et de les équiper. Un quart des Mahorais qui ont accédé au microcrédit étaient bénéficiaires de *minima* sociaux au moment de la création de leur entreprise, deux tiers n'étaient pas diplômés et 90 % vivaient sous le seuil de pauvreté. Deux ans après leur lancement, 80 % des entreprises accompagnées sont pérennes, taux exceptionnel. Cette dynamique économique enclenche un cercle vertueux : en moyenne, 1,25 emploi est créé par entreprise financée et le revenu moyen des foyers des entrepreneurs a considérablement augmenté. Au total, l'ADIE a déjà injecté 45 millions d'euros dans l'économie locale.

Parallèlement à un financement pluriannuel de 3 millions d'euros de l'AFD pour soutenir l'entrepreneuriat et au cofinancement de l'ADIE, MicroBusiness, un centre de formation dédié à la professionnalisation des micro-entrepreneurs, a également été financé où l'on aide des pêcheurs à lancer leur activité, en garantissant leurs prêts et en soutenant l'aménagement de points de vente pour les produits de la mer dans la communauté de communes de Petite-Terre.

Ce programme à Mayotte fait écho à ceux que nous allons prochainement déployer dans les îles voisines des Comores. Les gouvernements français et comorien ont en effet décidé de « relancer, sur de nouvelles bases et selon des modalités adaptées, la coopération bilatérale entre la France et les Comores avec un projet ambitieux de développement axé, entre autres, sur la formation et l'insertion professionnelle des jeunes, l'éducation, l'emploi, l'agriculture et la santé[17] ». Un programme d'un montant très élevé est en discussion pour les trois prochaines années. L'objectif est d'offrir aux populations comoriennes une alternative à la migration, à bord d'embarcations de fortune dénommées *kwassa kwassa*, vers Mayotte puis La Réunion, et de contribuer à un dialogue apaisé et constructif entre la France et l'Union des Comores. En utilisant notamment les outils d'inclusion financière de l'ADIE dans l'ensemble de l'archipel, je suis convaincu que nous pourrions contribuer à réduire les tensions politiques, économiques et sociales, qui menacent la paix civile et ralentissent le développement.

17. Déclaration conjointe du ministre de l'Europe et des Affaires étrangères français Jean-Yves Le Drian et de son homologue comorien Mohamed El-Amine Souef le 6 novembre 2018.

Sortie de crise en Côte d'Ivoire

On se souvient du long bras de fer postélectoral entre Alassane Ouattara, élu, et Laurent Gbagbo, Président sortant, après l'élection présidentielle du 28 novembre 2010. Je l'ai vécu de très près à la direction du Trésor et comme administrateur de la Banque centrale des États de l'Afrique de l'Ouest (BCEAO). Et je sais que ce qui a permis la sortie de crise, ce ne sont moins les fusils, les sanctions européennes ou les résolutions de l'ONU que les instruments de la politique monétaire et de développement. L'Union économique et monétaire ouest-africaine (UEMOA) – membre de la fameuse et si fantasmée Zone franc à laquelle la France apporte une garantie financière – permit de maintenir la solidarité politique au sein de la sous-région. Et c'est la reprise de contrôle de la BCEAO depuis Dakar par les autorités élues de Côte d'Ivoire qui permit techniquement de tarir, un à un, les circuits financiers du pays, au point de ne plus pouvoir bientôt payer les fonctionnaires[18].

Surtout, c'est un prêt signé par l'AFD le 26 avril 2011 d'un montant de 350 millions d'euros qui servit à assurer les dépenses budgétaires prioritaires, en premier les traitements des fonctionnaires, les dépenses sociales urgentes, les retraites, la dette à l'égard du secteur privé et les travaux d'assainissement à Abidjan pour relancer immédiatement l'activité économique. Cet apport financier de l'AFD a permis d'éviter que la Côte d'Ivoire ne connaisse le sort de beaucoup de pays, qui retombent très rapidement dans la crise. Et de replacer le pays sur une trajectoire de croissance forte, supérieure à 8 % par an en moyenne depuis 2012.

18. Pour plus de détails sur cette crise, lire l'ouvrage de Jean-Christophe Notin, *Le Crocodile et le Scorpion. La France et la Côte d'Ivoire (1999-2013)*, Éditions du Rocher, décembre 2013.

Ce financement fut en tous points exceptionnel par la rapidité avec laquelle il fut accordé la semaine même de l'intervention militaire des Forces républicaines de Côte d'Ivoire (FRCI) dans le palais présidentiel où Laurent Gbagbo s'était retranché. Son instruction fut très brève, en raison de la qualité du dialogue noué avec mon ami Charles Diby Koffi, ministre de l'Économie et des Finances d'Alassane Ouattara, auquel ce dernier avait demandé fin novembre 2010 de quitter immédiatement son pays pour se rendre en France et qui préparait avec moi depuis plusieurs mois la sortie de crise au plan économique, financier et social. L'AFD sut, le moment venu, utiliser à pleine puissance sa capacité bancaire pour lever la ressource sur les marchés financiers et accorder ce prêt, en plein accord avec les autorités ivoiriennes légitimes. Aucune autre institution de développement, j'en suis persuadé, n'aurait pu apporter 350 millions d'euros de financement de la sorte, et en si peu de temps.

Ce prêt était conçu comme un réengagement dans l'attente du retour de l'ensemble des partenaires internationaux du pays, et avant que la Côte d'Ivoire ne soit en mesure de mobiliser pleinement ses ressources internes, fiscales notamment. Cette action immédiate fut bientôt complétée par un programme de plus long terme : un accord bilatéral de remise de dette fut signé entre la France et la Côte d'Ivoire, à l'issue d'une séance du Club de Paris dont j'ai assuré la présidence, qui se traduisit bientôt par le traitement sous forme de contrats de développement et de désendettement (C2D) d'un stock de près de 3 milliards d'euros de créances françaises et la mise en œuvre d'un contrat dit de désendettement développement (C2D) d'un montant de plusieurs milliards d'euros, signé le 1er décembre 2012 à Abidjan par Pierre Moscovici et Pascal Canfin. Ces sommes furent affectées à plusieurs secteurs prioritaires : éducation et formation, santé, infrastructures de transport, développement urbain, agriculture et développement rural. Depuis lors, en sept ans à peine, 240 collèges et 116 écoles ont été construits et 26 000 enseignants ont été formés, 2 millions de bébés ont bénéficié d'un meilleur accès aux soins, plus de 1 million de citoyens ivoiriens ont vu leur accès à l'eau potable amélioré tandis que 100 000 producteurs agricoles ont été conseillés et équipés. Sans oublier les 3 500 professionnels du secteur de la justice qui ont été formés.

Dans le cadre du projet de renforcement des services de santé, un appui fut également apporté à la Nouvelle Pharmacie de la Santé publique, afin de restaurer la situation financière de cette structure publique en faillite et lui permettre de reconstituer son stock et d'approvisionner les centres de santé en médicaments. Il s'agissait également d'améliorer la santé des populations les plus vulnérables et l'accessibilité de tous à des soins de qualité, en appuyant le développement des ressources humaines paramédicales (infirmières et sages-femmes), en renforçant la disponibilité en médicaments essentiels et en améliorant la qualité et l'accès aux services de santé maternelle et infantile.

La combinaison d'un prêt décaissé très rapidement et d'un mécanisme au long cours, très structurant, de conversion de notre dette à l'égard du pays a fortement contribué au travail de réconciliation engagé en Côte d'Ivoire : le prêt, en contribuant à redresser un État exsangue, en l'aidant à relancer l'activité du secteur privé, et en remettant de l'argent dans les circuits financiers du pays ; le C2D, en fournissant un appui massif et dans la durée aux politiques publiques prioritaires et à certaines zones particulièrement défavorisées en matière de santé maternelle et infantile, dans le nord du pays en particulier.

La réconciliation suppose d'être présent rapidement pour éviter que le feu ne reparte, puis d'engager un processus de long terme, avec des montants très significatifs, pour une quinzaine d'années et dans les secteurs sociaux en priorité. La réconciliation du grand pays des Baoulés, des Bétés et des Dioulas n'a pu s'engager que parce que la politique de développement a permis la stabilisation du pays et son retour sur une trajectoire économique et sociale durable et positive. Nous l'avons rendue possible en Côte d'Ivoire au printemps 2011. Et nous poursuivons nos efforts depuis lors, au service des populations ivoiriennes.

*

* *

Les quelques projets présentés dans ce chapitre, choisis au gré de mes visites de terrain en Colombie, en Inde, dans le Sahel, aux Comores et en Côte d'Ivoire sont autant de vignettes, de plus ou moins grande taille, qui montrent la possibilité de mettre les outils de la politique de développement au service de processus de réconciliations. J'aurais pu aussi vous parler de notre visite de la station de traitement des eaux de Kabala, avec le Premier ministre Édouard Philippe en février 2019, infrastructure qui apportera très bientôt de l'eau de qualité à plus de 1 million d'habitants de Bamako, ou encore de notre rencontre avec les pêcheurs de la langue de Barbarie à Saint-Louis du Sénégal avec Bruno Le Maire, où l'AFD investit pour reconstruire un mur de plusieurs kilomètres qui protège les habitations de la brutale érosion côtière. J'aurais pu en choisir bien d'autres, parmi les 4 000 projets en cours d'exécution financés par l'AFD, découverts au Liberia, au Mali, en Gambie, en Éthiopie, au Zimbabwe. Au Rwanda, bientôt je l'espère, notre Agence contribuera à la réconciliation entre nos deux pays, en encourageant des coopérations concrètes entre nos peuples.

Il arrive aussi que les projets s'enlisent, échouent. Il arrive que les réconciliations soient impossibles, faute de réunir les conditions nécessaires à leur succès. Là aussi, les professionnels du développement savent d'expérience qu'il est parfois préférable de ne pas accompagner certains projets si l'engagement des acteurs est incertain, si les circuits d'acheminement des fonds ne sont pas sécurisés ou s'il n'y a pas de mécanisme de suivi clairement identifié. L'intervention en Afghanistan a laissé ainsi un goût très amer à beaucoup d'institutions de développement qui ont dû quitter le pays – c'est le cas de l'AFD – sans certitude sur la pérennité de leurs programmes. Je souhaite aussi – mais cela n'a pas été encore possible – que nous puissions intervenir à nouveau fortement en Algérie pour accompagner la transition souhaitée par les citoyens d'un pays qui s'est volontairement coupé depuis 2005 des flux financiers internationaux et des échanges d'expertise et de technologies qui s'y attachent. Quant à la réconciliation en Côte d'Ivoire, évoquée plus haut, elle n'est pas encore achevée, comme l'ont montré les mouvements de mutinerie dans l'armée du premier semestre 2017.

C'est le travail de l'AFD et de ses équipes dans chacun des pays où elle intervient d'écouter la demande locale et, parfois dans l'incertitude, d'accompagner des projets pour contribuer avec le plus d'impact possible au développement du pays. À l'issue de chacun de ces projets, quelque chose s'est produit : une infrastructure a été construite, une inégalité a été réduite, un blocage a été levé, une tension a été apaisée. La réconciliation fait émerger des solutions, adaptées au contexte local et dans lesquelles chacun s'engage et se transforme. Elle change ceux qui s'y engagent et le monde où ils vivent. Je l'ai tant de fois constaté.

CHAPITRE V

L'investissement de développement durable

Pour réussir, le travail de réconciliation a besoin de femmes et d'hommes engagés et professionnels, d'instruments financiers agiles et à la bonne échelle, ainsi que d'institutions efficaces et respectées.

Je crois que les maisons de développement, les institutions financières publiques en charge d'accompagner les transitions économiques, sociales et environnementales, ont un rôle majeur à jouer dans les multiples réconciliations aujourd'hui nécessaires. À la condition qu'elles renouvellent le récit qui les anime et qui fonde leurs interventions, leurs instruments et leur positionnement, et se placent à la pointe du combat par la réconciliation de la finance avec le développement durable et le climat.

Elles doivent d'abord servir et porter plus haut et plus fort le grand message multilatéral de 2015, celui de la conférence d'Addis-Abeba sur le financement du développement en juillet, celui des dix-sept Objectifs de développement durable approuvés lors de l'Assemblée générale des Nations unies fin septembre, celui de l'Accord de Paris sur le climat de décembre.

Ce nouveau récit pour un monde en commun, respectueux, collectif, utile et adapté à notre nouveau monde, où les rapports Nord-Sud ont profondément évolué, doit être complété par l'invention d'un nouveau concept mobilisateur, ouvert notamment aux pays émergents et au secteur privé : l'investissement de développement durable, pendant dans le domaine du financement de l'ambition des nouveaux ODD. Pour l'heure, l'essentiel des investissements de l'économie mondiale, investissements internationaux comme investissements domestiques, va encore massivement dans un sens contraire de l'orientation des ODD et il est urgent d'élaborer les incitations et les méthodologies permettant de les réorienter.

Il ne s'agit pas de se substituer à l'aide publique au développement (APD), qui reste indispensable pour financer ce que personne ne finance dans les pays les plus pauvres et pour les secteurs sociaux en particulier. Il s'agit de construire un autre référentiel, visant à orienter la part la plus grande possible des investissements mondiaux vers le développement durable.

Ce nouveau cadre de travail conceptuel et opérationnel est indispensable, sauf à courir le risque à brève échéance d'avoir échoué à mettre en œuvre l'Agenda 2030 des Nations unies et l'Accord de Paris sur le climat. Il s'agit de concevoir et d'accélérer une dynamique mondiale, à la fois publique et privée, d'investissement national et international vers le développement durable. L'investissement de développement durable serait l'outil de financement de nos biens communs. Couplé à l'aide publique au développement, ils pourraient former un vaste ensemble que je propose de nommer investissement solidaire de développement (ISD), qui serait l'instrument financier complet de nos réconciliations.

Cette transformation profonde suppose également que nos maisons de développement adoptent de nouvelles méthodes de travail – la méthode des 4 E évoquée plus haut – et s'ouvrent plus largement encore pour devenir des plateformes et des laboratoires d'innovations sociales et environnementales. C'est ce que pourrait devenir le club IDFC que je préside. Je souhaite que l'AFD, auprès du gouvernement français, forte du crédit qui s'attache à son statut de plus ancienne institution de développement du monde et de son expérience, très innovante depuis bientôt quinze ans sur le financement du climat, porte puissamment ce nouveau récit et nourrisse le débat sur le financement des ODD, avec tous ses partenaires.

Au-delà de l'APD, l'IDD

Je suis convaincu qu'il faut transformer non seulement nos institutions mais également le récit qui les fonde. Le monde en commun, le monde en réconciliation, doit permettre de dépasser définitivement une conception de la politique de développement réduite à, ou soupçonnée d'être, un outil d'une visée postcoloniale ou bien le simple instrument d'une politique d'influence, remise au goût du jour de notre nouvelle guerre froide ou encore la simple caution morale de nos égoïsmes nationaux.

Le signal de ce mouvement de bascule doit venir, j'en suis persuadé, du monde du financement du développement, qui doit définitivement sortir d'un trop simple discours de solidarité du Nord vers le Sud, et abandonner ainsi un modèle de rattrapage.

Le monde a fait le plein de multilatéralisme en 2015 – sans doute pour se préparer des jours plus difficiles – mais les grands sommets de 2015 se sont malheureusement déroulés dans le mauvais ordre. Il eût été préférable de commencer par New York, pour fixer notre ambition collective, celle des ODD, de poursuivre à Paris avec la mise en œuvre du plus pressant d'entre eux, l'ODD 13 « lutter contre les changements climatiques », avant de terminer à Addis-Abeba en définissant les moyens nécessaires au financement de notre nouvelle ambition collective. Le Sommet d'Addis-Abeba a certes mis très utilement en avant la mobilisation des financements domestiques et du secteur privé pour le développement, au-delà des seuls transferts publics du Nord vers le Sud, et appelé à un nécessaire changement d'échelle *from billions to trillions*. L'Accord de Paris a fixé, lui, dans son article 2.1.c, un nouvel objectif à la lutte contre le changement climatique, dans le contexte du développement durable, et à la lutte contre la pauvreté : rendre les flux financiers compatibles avec des trajectoires de développement bas carbone et résilient. Mais ces réunions internationales n'ont pas permis de faire encore émerger le nouveau concept, le cadre de référence et la méthodologie permettant d'orienter efficacement tous les investissements vers les ODD.

Aussi la communauté internationale se trouve-t-elle aujourd'hui dans une impasse : alors que l'agenda a profondément évolué, le cadre conceptuel, les outils financiers pour le mettre en œuvre et les instruments pour en mesurer les progrès n'ont pas encore été révisés à l'aune de cette nouvelle ambition. Dans le domaine du financement du développement durable, la seule référence internationale demeure l'« aide publique au développement (APD) », aujourd'hui sommée de financer les ODD alors qu'elle a été conçue dans une tout autre logique et ne mesure qu'une partie très minoritaire des flux financiers internationaux et nationaux à mobiliser.

L'APD repose sur une logique de justice – les pays les plus riches doivent aider les plus pauvres – et de rattrapage – il faut diriger vers les pays du Sud des flux financiers publics et concessionnels leur permettant de rattraper le niveau de développement humain des pays du Nord.

L'APD est évidemment indispensable et elle doit fortement augmenter. Elle est la preuve de la solidarité et de l'engagement des pays les plus riches et leur instrument financier en direction des territoires et des populations les plus pauvres, ceux que personne d'autre ne finance. Mais les 150 milliards de dollars d'APD générés chaque année – quand bien même ils atteindraient 300 milliards de dollars si tous les pays du Nord se conformaient à l'engagement maintes fois réitéré de consacrer chacun 0,7 % de leur revenu national à l'APD – ne seront jamais à l'échelle de l'agenda des ODD. Pour financer le développement durable, il faut conserver une capacité d'action dans les pays les plus pauvres mais l'enjeu est désormais également d'orienter avec ambition et exigence tous les pays – y compris les pays émergents qui ne se sentent aujourd'hui pas ou peu concernés par l'APD – et tous les acteurs – notamment ceux de la sphère financière – vers le développement durable.

C'est dans le domaine de la finance climat que ces enjeux ont été perçus le plus tôt et où les travaux sont les plus avancés. Depuis le Sommet de Copenhague en 2009, le débat international porte beaucoup sur l'engagement pris par les pays du Nord de transférer dès 2020 100 milliards de dollars par an de financements publics et privés pour lutter contre le changement climatique et ses effets dans les pays du Sud. Mais en

2015, lors de la COP21, et depuis lors, tous les acteurs ont compris qu'il fallait aller bien au-delà de l'aide et de ces 100 milliards de dollars de finance climat pour éviter le réchauffement et transformer en profondeur nos économies et nos sociétés.

Pour sortir de cette impasse, qui condamnerait à un échec prématuré l'Agenda 2030 des Nations unies, il faut inventer et promouvoir rapidement un nouveau concept mobilisateur qui pourrait s'appeler l'« investissement de développement durable (IDD) » ou « *sustainable development investment* (SDI) » en anglais. Il faut installer, à côté et en complément de l'APD, ce second concept commensurable à l'ambition des ODD. Ce nouveau concept devra être lisible et avoir un effet d'entraînement sur tous les acteurs. Ce nouveau concept d'IDD/SDI se placerait résolument dans une logique d'investissement, c'est-à-dire une logique d'engagement, de prise de risques dont on attend légitimement un retour. Mais un investissement qui devra être « durable », dont la finalité ne sera pas le retour financier mais la préservation des biens communs. Un investissement « de développement », aligné avec l'agenda des ODD.

La définition de ce nouveau cadre de l'IDD, à la fois ambitieux quantitativement et exigeant qualitativement, permettrait de mieux mesurer les flux existants contribuant à l'atteinte des ODD, de comprendre leur structure et leur provenance et de mesurer leurs impacts réels. Il s'agirait également d'analyser le préjudice causé par les investissements qui ne sont pas alignés sur les principes de l'IDD. L'objectif final serait de créer des mécanismes, de labellisation notamment, pour que le maximum de flux financiers soit transformé en IDD.

De très nombreuses initiatives existent déjà et de nombreux labels émergent aujourd'hui, tant au sein du secteur privé que des institutions internationales, pour encourager et mesurer les financements durables. On parle d'investissement socialement responsable, de finance durable, verte ou solidaire. Mais je crois que ces initiatives utiles manquent encore d'un référentiel englobant pour les fédérer, articuler et porter à un niveau d'ambition et de qualité supérieur. L'IDD aurait vocation à devenir ce référentiel. Il permettrait à terme d'identifier et de mesurer, dans l'ensemble des flux d'investissements mondiaux – 20 000 milliards de dollars par an auxquels il faudrait ajouter les dépenses en matière de capital humain comme les dépenses d'éducation et de santé qui relèvent de la même logique IDD –, ceux qui contribuent à l'atteinte des ODD et à la préservation du climat, qu'ils soient internationaux ou domestiques, publics ou privés, au Nord comme au Sud. L'IDD serait à la fois une mesure et un label pour fédérer les initiatives et structurer des coalitions d'acteurs. L'IDD viendrait utilement compléter l'APD, sans s'y substituer, cherchant à impliquer progressivement tous les pays, développés, émergents et en développement, et tous les acteurs du système financier, institutions de développement, banques publiques et privées, fonds d'investissement, entreprises et fondations.

Il ne s'agit pas d'une vue de l'esprit. D'ores et déjà, l'AFD investit dans des fonds à impact, mélange de la ressource publique à de la ressource de marché – ce qu'on appelle désormais *blended finance* –, multiplie les lignes de crédits pour le développement durable et les mécanismes de garantie pour faire levier sur les financements privés. Nous travaillons de plus en plus avec des philanthropes, des banques, des gestionnaires d'actifs ou encore des assureurs pour les convaincre d'investir au Sud. Nos institutions communiquent d'ailleurs de plus en plus non seulement sur leurs propres financements mais également sur ceux, provenant d'autres acteurs, qui ont été mobilisés en lien avec ceux-ci. On estime ainsi qu'avec 1 euro d'argent du contribuable, l'AFD parvient à en mobiliser au moins 30.

La reconnaissance de l'IDD permettrait en retour de redéfinir, clarifier et recentrer l'APD, en cessant de la surcharger d'objectifs inatteignables pour elle seule. Limitée par définition aux flux concessionnels, d'origine publique et internationale, issus des pays du CAD de l'OCDE et à destination de pays à revenu faible ou intermédiaire, l'APD constitue une référence indispensable, notamment en matière de transparence ainsi que pour mesurer l'effort financier des pays contributeurs, mais elle ne saurait épuiser la question du financement du développement durable.

Je crois que le passage à l'IDD, dès lors que les pays du Nord tiendraient leurs engagements financiers pour le développement et le climat, est utile et présenterait également l'intérêt d'ouvrir un débat plus large incluant la coopération Sud-Sud dans un cadre global. L'arrivée de nouveaux partenaires émergents dans les pays du Sud, au premier rang desquels la Chine, a en effet d'ores et déjà profondément modifié le paysage du financement du développement. Mais les pays émergents n'accepteront sans doute jamais d'entrer dans des règles de *reporting* et de comptabilisation fixées sans eux par l'OCDE au temps de la décolonisation puis de la guerre froide et qui ne les concernent pas. Le nouveau référentiel de l'IDD pourrait permettre au contraire une plus grande cohérence et convergence entre les financements des pays de l'OCDE et ceux des pays émergents.

Dans une approche progressive en cercles concentriques, le premier cercle du financement du développement durable serait donc constitué de l'APD, transferts financiers internationaux à destination des pays et des populations les plus pauvres, qui ont vocation à rapidement converger vers un objectif « 100 % ODD compatible ». Un deuxième cercle intégrerait, conformément aux travaux sur le TOSSD[19], les autres transferts publics internationaux provenant des pays de l'OCDE, essentiellement les prêts non ou peu concessionnels, les financements exports, mais aussi les instruments destinés à inciter le secteur privé à se tourner vers le Sud. Un troisième cercle, enfin, inclurait les investissements internationaux de la sphère privée (investissements directs étrangers, fondations, ONG, secteur financier) dès lors qu'ils contribueraient de façon crédible au développement durable dans les pays à revenu faible et intermédiaire. Dans cette catégorie se trouveraient notamment les investissements privés internationaux permis par l'effet de levier de l'APD et des autres financements publics.

La comptabilisation des instruments de développement durable devrait enfin inclure un quatrième cercle, celui des financements domestiques publics et privés alloués aux ODD au sein de chacun des pays, d'abord dans les pays à revenu faible et intermédiaire, bénéficiaires de financements internationaux répertoriés dans l'APD et l'IDD, mais aussi, à terme et compte tenu du caractère universel des ODD, dans les pays à revenu élevé. En phase avec les engagements internationaux de leurs gouvernements, les banques nationales de développement auraient ici un rôle majeur à jouer afin d'établir les nouveaux standards et de certifier la qualité de ces financements domestiques.

19. Proposition portée par l'OCDE de mesurer, en complément de l'APD, le *total official support for sustainable development* (TOSSD), voir https://www.oecd.org/dac/financing-sustainable-development/

Des banques transformées en plateformes

L'élargissement de l'agenda international avec les ODD et le passage à l'IDD nécessitent également de faire converger les institutions de développement vers un modèle de plateformes de financement et de mobilisation.

Si on élabore une typologie des institutions existantes, on constate que le monde du financement du développement est polarisé depuis trop longtemps entre deux modèles, qui possèdent chacun leur légitimité mais sont également incomplets et inadaptés aux enjeux nouveaux du financement du développement durable.

On trouve, d'une part, des ministères ou des agences qui interviennent exclusivement au moyen de dons. C'est le cas des différentes agences des Nations unies (UNICEF, OMS, FAO, PNUD, etc.), du ministère britannique du Développement DFID (Department for International Development), de l'agence suédoise de coopération pour le développement international SIDA (Swedish International Development Cooperation Agency), de l'agence américaine USAID (United States Agency for International Development), ou encore de la très riche et puissante institution allemande en charge de la coopération technique internationale GIZ (Gesellschaft für Internationale Zusammenarbeit). Ces institutions, généralement chargées à la fois des interventions humanitaires de court terme et des actions de développement de moyen et long terme, privilégient les secteurs sociaux et ont souvent très largement recours aux ONG pour la mise en œuvre de leurs projets. Elles ont été au cœur pendant vingt ans d'une conception du développement centrée sur la réduction de la très grande pauvreté et la bonne gouvernance.

D'autre part, on trouve le modèle des banques de développement qui interviennent, elles, principalement au moyen de prêts. Ce groupe comprend les banques multilatérales (la Banque mondiale, la Banque africaine de développement, la Banque asiatique de développement, la Banque interaméricaine de développement ou encore la BERD), les banques régionales (comme la Banque islamique de développement, la Banque européenne d'investissement, la BOAD d'Afrique de l'Est, la TDB Bank de la COMESA que préside brillamment Admassu Tadesse ou la CAF des pays andins), et les banques nationales de développement à vocation internationale (la KfW en Allemagne de mon ami Günther Bräunig, JICA au Japon présidé par le très respecté Shinichi Kitaoka et l'AFD en France). Il existe également un groupe d'institutions financières spécialement dédié au financement du secteur privé du Sud, regroupé notamment dans la bannière des European Development Finance Institutions (EDFI). Ces différentes institutions financières interviennent principalement dans le domaine du développement économique, en particulier le financement des infrastructures et l'appui au secteur privé. Elles ont une capacité financière nettement supérieure par rapport au financement par dons, puisqu'elles disposent de bilans et d'une notation financière généralement très solide qui leur permettent d'emprunter des ressources sur les marchés de capitaux qu'elles prêtent ensuite aux pays en développement. Maisons d'ingénieurs et d'économistes, ces banques sont généralement moins engagées dans les sujets sociaux et n'ont que rarement développé une dimension de recherche, en sciences humaines en particulier.

Cette dichotomie historique entre institutions de financement du développement est fort heureusement en train de s'estomper et une période nouvelle, passionnante, s'est ouverte depuis 2015. En effet, pour réaliser les ODD, ces deux modèles, longtemps antithétiques, voire concurrents, ont engagé une convergence progressive. Les agences de dons développent désormais en leur sein des instruments d'investissements pour le secteur privé, en sautant d'ailleurs le plus souvent l'étape intermédiaire des prêts aux gouvernements. C'est le cas de la CDC britannique, créée il y a soixante-dix ans sous le nom de Colonial Development Corporation et désormais très généreusement financée par son actionnaire DFID. Les Américains viennent eux aussi de créer par le Build Act du 5 octobre 2018 – la première réforme législative de leur dispositif de coopération depuis les années 1960 – une nouvelle institution l'US Development Finance Corporation (USDFC). La Suède tourne également, en partenariat avec l'AFD, les instruments de son agence SIDA en direction des entreprises, en dotant des fonds de garantie. Inversement, les banques de développement se préoccupent beaucoup plus que dans le passé, la Banque mondiale en tête, des sujets environnementaux et sociaux.

L'AFD est sur le point d'achever ce parcours. L'AFD est historiquement une banque de développement – les plus anciens l'appellent encore parfois la « Caisse ». Elle est devenue une agence, le 1er janvier 1999, gérant également des dons. En charge du secteur de la gouvernance depuis 2016 et renforcé bientôt par l'intégration d'Expertise France, l'entité publique en charge de l'assistance technique et du renforcement de capacité, le groupe AFD aura alors achevé sa mue et proposera à ses bénéficiaires la palette complète des outils de la politique de développement durable : non seulement l'ensemble des instruments financiers – prêts, dons, prises de participations et garanties –, mais aussi la recherche, l'innovation et l'expertise. Forte de son alliance stratégique avec le groupe Caisse des dépôts et consignations, l'Agence française de développement dispose en outre désormais de relais puissants dans son propre pays, dans l'esprit de l'agenda universel des ODD et de la capacité d'exprimer l'expérience du développement de notre propre pays.

Il reste encore une dernière étape à franchir pour les institutions de développement. Elles doivent conserver la force, la rigueur et le modèle économique équilibré d'institutions financières crédibles, supervisées même comme une banque dans le cas de l'AFD. Mais, fortes de cette base solide, elles doivent désormais s'ouvrir davantage et se transformer en plateformes de mobilisation au service des transitions. Cela signifie ouvrir les bras, fédérer, agir et partager les risques avec toutes celles et ceux qui font le choix de l'investissement de développement durable. Créatrices de liens multiples avec le reste du monde et tiers de confiance respectés par nos partenaires du Sud, nos institutions doivent susciter l'engagement de nos propres pays, ses collectivités locales, ses associations, ses entreprises et ses citoyens, les plus jeunes en priorité. L'AFD a aussi la mission en France de contribuer à l'éducation au développement des Français et d'appuyer les projets utiles au développement durable portés par nos compatriotes. C'est à ces conditions que nous jouerons pleinement notre rôle.

IDFC, le club du nouveau monde

Cette nouvelle conception de la politique de développement, intégrant les enjeux domestiques, allant au-delà de l'aide et cherchant à multiplier les liens utiles entre les acteurs, s'incarne aujourd'hui dans un club très singulier que j'ai le grand honneur de présider depuis 2017. Il s'agit de l'International Development Finance Club (IDFC), le réseau des vingt-quatre plus grandes banques de développement nationales et régionales, du Nord comme du Sud. Créé en 2011 par un groupe de P-DG désireux de faire entendre leur voix singulière au plan international, il se structure progressivement comme un acteur majeur du financement du développement et de la lutte contre le changement climatique. IDFC illustre la reconnaissance croissante du rôle des banques publiques de développement nationales et régionales sur la scène internationale – une sorte de G20 des banques de développement, mais sans les Anglo-Saxons dont l'histoire financière a jusqu'à présent fait l'économie du modèle des banques publiques.

IDFC regroupe plusieurs banques du Nord : la KfW, la grande banque de la reconstruction de l'Allemagne, très active également à l'international ; la Cassa Depositi e Prestiti en Italie, à laquelle Matteo Renzi a confié en 2015 un mandat international ; la JICA japonaise, qui dispose d'un réseau unique dans la société et les territoires japonais pour accompagner ses initiatives internationales ; et aussi l'AFD, forte de son alliance avec la Caisse de dépôts et consignations française. Tous les autres membres du club sont des institutions émanant de pays dits en développement : la China Development Bank, la plus grande banque publique du monde très active en Chine et le long des nouvelles routes de la Soie ; la Development Bank of Southern Africa (DBSA) de mon ami Patrick Dlamini qui finance des projets dans toute l'Afrique ; la BNDES brésilienne que préside Joachim Levy, institution cruciale pour le développement durable du Brésil aujourd'hui ; la Vnesheconombank, banque de développement de la Russie ; la CAF des pays andins ; la SIDBI indienne ; la TSKB turque ; l'IIB, l'ancienne banque du COMECON ; la NAFIN mexicaine ; la BOAD d'Afrique de l'Ouest ou encore la Caisse des dépôts et de gestion marocaine (CDG). Totalement insérées, chacune, dans leur système institutionnel, politique, économique, social, ces banques regardent et agissent de plus en plus hors de leur propre pays, et s'alignent sur les Objectifs de développement durable.

La puissance financière additionnée de ces vingt-quatre institutions est sans égale, s'agissant de la sphère publique. Avec un total de bilan de plus de 4 000 milliards de dollars, et 850 milliards de dollars de financements engagés chaque année, dont plus de 200 d'ores et déjà pour le climat, IDFC est de loin le premier financeur du développement durable et de la lutte contre le changement climatique, loin devant les banques multilatérales et leurs 200 milliards de dollars d'engagements annuels ou les agences des Nations unies avec environ 20 milliards de dollars par an. Certains des membres d'IDFC sont d'une taille financière comparable ou supérieure à celle de la Banque mondiale elle-même.

La thèse de ce club apparaît clairement. Ces institutions, qui participent désormais aux grands sommets internationaux comme la COP sur le climat et entendent fort et clair les priorités qui y sont définies, ont pour mission de soutenir le système multilatéral et de transférer ses signaux le plus profondément possible dans leurs propres pays et dans tous ceux dans lesquels elles interviennent. Forts de leur connaissance unique des institutions, des entreprises et des systèmes financiers locaux, les membres de notre club constituent un maillon essentiel, le maillon manquant jusqu'à présent sans doute, pour la mise en œuvre des ODD et de l'Accord de Paris d'ici à 2030, pour passer très concrètement du global au local et changer la façon dont nous investissons et finançons nos économies.

Mais comment orienter cette capacité financière, humaine et technique unique le plus rapidement et efficacement possible vers le développement durable ? C'est le climat qui a constitué le premier point de convergence du club IDFC. Chaque année, nous publions collectivement nos chiffres de finance climat, y compris ceux de nos collègues chinois, une première mondiale ! Nous nous sommes engagés à nous aligner sur le processus de l'Accord de Paris et avons mis en place une facilité climat commune, outil opérationnel au service de chacun des membres visant à promouvoir nos efforts et échanger les meilleures pratiques en matière de climat. IDFC étend désormais ses travaux vers d'autres domaines. Nous travaillons en particulier sur le financement des villes durables (ODD 11), sur les questions d'égalité entre les femmes et les hommes (ODD 5) ou encore sur la biodiversité (ODD 15). Nous multiplions les liens entre nos membres et mesurons les progrès de ces coopérations. Nous prenons position ensemble dans les débats internationaux. Nous avons décidé, lors de notre dernier conseil d'administration à Bali en octobre dernier, de faire de l'investissement de développement durable (IDD) la thèse de notre club et cherchons à en promouvoir l'idée au plan international.

Réseau de plus en plus structuré, IDFC doit devenir un lieu d'innovation entre professionnels, où ceux-ci pourront échanger sur les solutions qui sont en train de naître un peu partout dans le monde. IDFC constitue un nouvel espace coopératif et innovant, au-delà de la fracture Nord/Sud, pièce essentielle d'une architecture globale et décentralisée de banques de développement multilatérales, régionales, nationales et locales, tournée vers les ODD. Le monde en compterait aujourd'hui plus de 500 !

Je suis également convaincu que notre groupe peut apporter une contribution nouvelle et originale aux débats sur la gouvernance mondiale, en appui au multilatéralisme et en soutien des ODD. Ces institutions, avec leurs réseaux, si elles sont mobilisées efficacement, peuvent être des vecteurs concrets de nos réconciliations.

Des institutions pour un monde en commun

Quels seraient les traits d'une institution de développement mise au service des réconciliations ? Dessinons son idéal type : une maison agile, fortement implantée sur le terrain, dotée de la taille critique au plan financier, capable d'agir à l'échelle macro – le dialogue sur les trajectoires et les politiques publiques – comme micro – des projets exemplaires et accélérateurs de transitions –, à l'échelle d'un pays, d'une région, d'une ville ou d'une communauté. Une institution qui marcherait dans les deux sens, capable d'apporter son soutien mais aussi de rapporter dans son propre pays innovations et volontés de coopérer.

Cette institution parlerait à tous pour renforcer le lien social. Elle ne s'adresserait pas seulement aux gouvernements, mais aussi aux collectivités locales, à la société civile, aux entreprises, aux systèmes financiers. Elle s'efforcerait, par les procédures qu'elle respecterait et les études qu'elle conduirait, de comprendre en profondeur les situations pour lesquelles on la sollicite. Technique, objective et impartiale dans ses interventions, elle permettrait de trouver des accords et serait un agent actif d'élaboration d'un consensus ambitieux pour le développement durable. Empathique, elle se placerait toujours du côté de l'Autre, dans une attitude d'écoute et de compréhension. Elle vérifierait systématiquement la qualité des projets qu'elle accompagne au regard des trois dimensions du développement durable.

Cette institution devrait être fortement connectée à son propre pays, à même d'exprimer sa propre expérience de développement et d'en mobiliser les forces. Puisque nous sommes tous en transition et que les innovations naissent partout, au Nord comme au Sud, il faut que les institutions publiques dont le mandat est national et celles à vocation internationale travaillent beaucoup plus étroitement qu'auparavant, à l'exemple du fonctionnement des grandes ONG ou des entreprises. C'est le sens du rapprochement de l'AFD avec le groupe de la Caisse des dépôts et consignations, que j'avais proposé en 2015 au président François Hollande et à Laurent Fabius dans le cadre de la COP21, et dont l'alliance – signée avec Pierre-René Lemas et que nous conduisons aujourd'hui avec Éric Lombard –, vise à unir la banque de développement international de la France et la banque qui finance le développement de notre propre pays depuis plus de deux cents ans[20]. Avec un objectif commun : réaliser l'agenda du développement durable, commun à tous les pays du monde, et créer le plus de liens positifs entre la France et le reste du monde.

Cette institution n'agirait jamais seule. Elle chercherait à mobiliser le plus grand nombre d'acteurs possible, à embarquer tous ceux qui ont des ambitions, des intérêts et l'envie de prendre des risques dans les pays du Sud. Elle partagerait ses analyses des risques et des opportunités de ces économies. Elle servirait de tiers de confiance et de financement pour garantir à nos partenaires étrangers une relation loyale, non prédatrice et conforme aux meilleurs standards internationaux. Les sujets dits de « diplomatie économique » et d'appui au commerce extérieur pourraient s'envisager d'une façon très nouvelle dans ce nouveau paradigme.

20. Voir mon rapport « Rapprocher l'AFD et la CDC au service du développement et de la solidarité internationale » de janvier 2016 sur : www.ladocumentationfrancaise.fr/rapports-publics/164000050-rapprocher-l-afd-et-la-cdc-au-service-du-developpement-et-de-la-solidarite

Disponible, cette institution ne se spécialiserait pas à l'excès. Son point de départ serait d'abord géographique, pour comprendre en profondeur les caractéristiques des pays où elle intervient, leurs besoins, leurs dynamiques, leurs blocages aussi, leur contribution possible aux biens communs. Elle s'efforcerait ensuite d'y répondre en cherchant à disposer, elle-même ou en mobilisant tout son écosystème, de tous les instruments et toutes les compétences utiles. C'est dans ce but que j'ai réorganisé l'AFD autour de quatre départements géographiques exprimant une vision originale du monde : « Tout Afrique », la priorité de notre action, pour cesser de séparer artificiellement le nord et le sud du Sahara et considérer l'Afrique dans son unité et sa diversité régionale, comme le font les Africains eux-mêmes ; les « Trois Océans », qui rassemblent les territoires français d'outre-mer et les États voisins, confrontés aux mêmes enjeux et qui doivent inventer des solutions communes en coopérant à l'échelle régionale ; les « Orients », des Balkans à la mer de Chine, pour raisonner à l'échelle des nouvelles routes de la Soie ; enfin, les « Amériques ». Ces départements géographiques se croisent dans notre organisation matricielle avec six départements techniques, regroupant nos experts sectoriels – des ingénieurs, des économistes, des enseignants, des médecins, des financiers, des halieutes, des agronomes, etc. – en charge, chacun, d'une des grandes transitions dans lesquelles tous les pays du monde sont engagés : la transition démographique et sociale, la transition énergétique, la transition territoriale et écologique, la transition économique et financière, la transition numérique et technologique, enfin, la transition politique et citoyenne. Le tout est animé par trois « navettes » dédiées au climat, au lien social et aux vulnérabilités, structures chargées d'inventer, d'incarner et de diffuser ces trois préoccupations transversales dans l'ensemble de nos activités, et de lier le fil de chaîne de nos priorités géographiques au fil de trame de nos compétences sectorielles. J'aime comparer nos institutions de développement à de grands métiers à tisser, à réconcilier, pour faire du monde un grand tissu, aussi serré et multicolore que possible.

Cette institution idéale disposerait enfin de capacités de financements suffisamment abondantes et diversifiées pour ne pas faire la politique de ses instruments et pour inciter les autres acteurs. Elle posséderait les instruments de la politique qu'elle sert. Des dons, bien sûr, pour intervenir dans les pays en crise et dans les secteurs dont la rentabilité socio-économique est nécessairement différée, mais également pour mettre en place de l'expertise, de l'assistance technique, des programmes de formation et de renforcement des capacités de nos partenaires. Des moyens devraient également être réservés pour la recherche et pour l'innovation. Mais elle aurait aussi un solide bilan pour accorder des prêts et passer à l'échelle les meilleures initiatives. Elle inventerait de nouveaux instruments d'investissement et de garantie pour mobiliser et dérisquer partiellement le secteur privé.

Cette institution type, c'est celle que nous cherchons à construire avec le groupe AFD, avec nos deux filiales Proparco et bientôt Expertise France, à la demande du gouvernement français. Avec l'ambition de faire émerger et de contribuer à réaliser un nouveau récit du développement.

La méthode des 4 E

La redéfinition de la politique de développement, mise au service des réconciliations, suppose enfin de reconnaître les spécificités d'un métier et d'une méthode de travail, celle des agences de développement, patiemment élaborée et distincte de celle des autres acteurs de l'action collective internationale et de la sphère privée. Je propose de l'appeler la « méthode des 4 E », pour « écoute », « expertise », « engagement » et « évaluation ». Cette méthode s'inspire de celle, en vigueur au sein de l'AFD, où chacun des projets que nous accompagnons au quotidien suit un cycle d'instruction et de suivi rigoureux et précis.

Sa première étape est toujours une phase d'écoute de l'autre, suffisamment longue et complète. On ne passe jamais en force. Ce moment initial de respect et de dialogue est essentiel car un projet de développement n'a de sens que s'il répond à une demande qui doit nous être adressée sous la forme d'une lettre de requête, tout en s'inscrivant dans les priorités fixées par le gouvernement français à son agence. Les politiques publiques comme les projets sont toujours coproduits et font l'objet de diligences qui ne se limitent pas au maître d'ouvrage mais doivent inclure toutes les parties prenantes. L'AFD n'exerce que très rarement la maîtrise d'ouvrage directe des projets qu'elle accompagne. Celle-ci relève toujours d'un maître d'ouvrage local, qui lance lui-même les appels d'offres et signe les contrats, l'AFD se contentant d'intervenir en produisant des avis dits de « non-objection ». Dans le cas d'un pays où aucune structure suffisamment solide n'existe et où il faut intervenir directement, l'AFD parle significativement de maîtrise d'ouvrage « inversée » pour indiquer qu'il s'agit d'une exception à un principe de confiance et de renforcement des acteurs locaux. La réconciliation ne saurait être une substitution.

Une fois l'idée de projet identifiée, commence une deuxième phase d'expertise, qui suppose la mobilisation de premiers moyens financiers et d'étude. Après un examen préliminaire du dossier, une analyse de faisabilité est réalisée par un bureau d'études, à l'initiative du maître d'ouvrage. Le plus souvent financée par l'AFD, elle évalue la faisabilité technique, financière et institutionnelle du projet. Si le résultat de cette étude de faisabilité est favorable, l'AFD décide alors de poursuivre l'instruction du projet. Une évaluation est alors réalisée par l'Agence elle-même, afin de vérifier la viabilité technique, économique, organisationnelle et financière du projet. Un plan de financement est élaboré avec le bénéficiaire.

Le troisième temps est celui de l'engagement. Un processus d'étude et d'instruction participatif associe l'ensemble des parties prenantes pour s'assurer de l'impact positif du projet sur le lien social et sur l'environnement. La décision de financement a lieu lorsque les conditions de succès du projet apparaissent réunies et sont acceptées par son porteur. Le concours financier est alors accordé par l'instance de décision compétente de l'AFD et le bénéficiaire signe avec l'AFD une convention de prêt ou de subvention, élaborée par des juristes, soumise à notre direction des risques et de la conformité et écrite souvent en plusieurs langues pour éviter tout malentendu ultérieur. Cette phase d'engagement se poursuit avec le choix des entreprises et prestataires de services fait, sauf exception dûment justifiée, sur appel d'offres lancé par le maître d'ouvrage et selon la réglementation locale. La régularité de ces commandes est vérifiée par l'AFD mais l'Agence n'intervient pas dans le choix des entreprises. En revanche, elle opère ensuite un suivi régulier de l'exécution du projet. Les règlements sont en particulier effectués selon un circuit de décaissement très strict et déterminés *ex ante*.

Enfin, quatrième temps, a lieu la phase d'évaluation. La mise en œuvre du projet s'accompagne d'un suivi et d'une supervision régulière par l'AFD du bon déroulement du projet. Il existe au sein de l'AFD une colonne vertébrale de redevabilité. Tous les projets accompagnés par l'AFD passent notamment au crible d'un « avis de développement durable », établi par une structure indépendante des opérations qui note les projets selon une grille d'analyse synthétique permettant d'estimer les impacts potentiels positifs et négatifs sur six dimensions du développement durable. Cet avis, en amont du passage du projet à notre conseil d'administration auquel il est systématiquement transmis par souci de transparence, permet d'éliminer les projets qui ne correspondent pas à la stratégie d'intervention de l'AFD. Ultérieurement, après l'exécution des projets, qui peut durer plusieurs années, un département de l'AFD est responsable des évaluations *ex post* des projets. Il procède en particulier, au-delà d'une évaluation de premier niveau réalisée par nos agences de terrain, à des évaluations approfondies d'un échantillon de projets et même à des évaluations scientifiques d'impact, pour améliorer la qualité des interventions futures et nourrir les débats internationaux sur le développement.

Vous le voyez. Le travail de développement n'a rien d'un lâcher-prise. Il ne s'agit pas simplement de donner de l'argent ! Loin de certaines idées reçues et de critiques peu informées du travail accompli par nos collègues, c'est un travail précis, concret, opérationnel, maîtrisé au terme d'un processus en quatre étapes successives. Un travail qui suppose de s'inscrire dans le temps, malgré l'urgence et les impatiences légitimes auxquelles il répond. Un travail avec un avant et un après, pour changer la réalité des populations concernées. Si les quatre étapes ont été respectées, le résultat obtenu a de plus fortes chances de résister au temps et aux questions.

Je suis frappé de la ressemblance entre cette méthode des 4 E qui s'applique aux projets de développement et les caractéristiques d'un processus réussi de réconciliation. Pour se réconcilier, il faut en effet commencer par écouter les autres parties. Il faut ensuite prendre le temps d'établir les différends et d'étudier de façon approfondie et patiente les voies d'une solution durable. Mais la réconciliation doit aussi respecter un calendrier et faire l'objet d'une décision, reconnaissant et solennisant l'effort de chacun. Enfin, toutes les réconciliations comportent un dispositif de suivi et d'évaluation, pour pouvoir réagir et adapter les dispositifs au cas où ils se révéleraient inadaptés ou s'ils n'étaient pas mis en œuvre de bonne foi par toutes les parties.

C'est en réalisant cette convergence des méthodes que j'ai compris le potentiel de réconciliation, probablement encore inexprimé et inexploré, que recèlent la politique de développement et les institutions qui la servent. En Europe, tout particulièrement.

CHAPITRE VI

L'Europe, numéro 1 oblige

L'Europe a, la première à l'échelle d'un continent tout entier, expérimenté la réconciliation. Sa construction a connu deux phases fondamentales, celle de l'après-Seconde Guerre mondiale puis celle de l'après-guerre froide, et s'ancre dans le temps long, celui de l'apaisement des tensions entre des pays voisins dont la plupart se sont fait la guerre à un moment ou un autre de leur histoire. Un passé dont le rapprochement franco-allemand incarne le plus bel exemple de réconciliation, par sa profondeur historique, ses institutions et ses symboles.

Dans le long et patient processus de construction européenne, toujours inachevé, la Communauté économique européenne puis l'Union européenne se sont souvent présentées comme un espace de réconciliation, le moteur du rapprochement des « peuples frères » de la famille européenne. Au point que la réconciliation pourrait même être conçue comme la valeur maîtresse de l'Union européenne, comme la démocratie est l'héritage de la Grèce de Périclès, ou la république celui de la Rome antique.

Le continent uni à vingt-huit est aujourd'hui un continent réconcilié, même si, ici comme ailleurs, des tensions subsistent et des fractures renaissent : le processus de réconciliation dans les Balkans a semblé longtemps incertain et incompréhensible ; la guerre s'est de nouveau enflammée aux portes de l'Europe en 2014 en Ukraine ; le Brexit menace notre croissance ; les tensions entre les différents pays de l'Union au sujet de l'accueil des migrants et le réveil des tensions nationalistes révèlent de nouveaux risques pour notre union. Le grand récit de la réconciliation, voilà le mythe fondateur de l'Europe dont l'unité est un travail à poursuivre sans cesse pour qu'elle ne se fracture pas. « La réconciliation, toujours recommencée », pour paraphraser Paul Valéry.

Aujourd'hui personne ne peut sans doute mieux que l'Europe, forte de cette longue et belle histoire, porter le message de la réconciliation et en partager les leçons sur la scène internationale. Le Vieux Continent est peut-être même le mieux placé pour inventer de nouvelles réponses face à nos fractures, notamment par une politique de développement refondée et ambitieuse, appuyée sur une stratégie globale intégrée de l'Union européenne, dialoguant avec le Sud, collaborant avec les acteurs nationaux, internationaux, régionaux, et associant les acteurs publics et privés, les associations, les sociétés civiles, les collectifs et les mouvements de jeunesse. Achille Mbembe n'a-t-il pas déclaré : « Je voudrais penser l'Europe comme une idée, une promesse d'avènement à un monde qui devient de plus en plus petit et qu'il faut partager pour le bien de la race humaine en général » ?

Le lien avec le Sud au cœur du projet européen

L'ouverture internationale et l'attention portée au développement du Sud sont intimement liées à la construction européenne depuis ses origines. On oublie souvent que la solidarité avec l'Afrique était présente dans les esprits des pionniers de la Communauté européenne du charbon et de l'acier (CECA). Robert Schuman, dans sa fameuse déclaration du 9 mai 1950 dans le salon de l'Horloge du Quai d'Orsay, disait déjà : « Cette production [de charbon et d'acier] sera offerte à l'ensemble du monde sans distinction ni exclusion, pour contribuer au relèvement du niveau de vie et au développement des œuvres de paix. L'Europe pourra, avec des moyens accrus, poursuivre la réalisation de l'une de ses tâches essentielles : le développement du continent africain. »

Cet intérêt porté au Sud ne s'est pas démenti par la suite et la France a toujours fait du projet eurafricain et de l'inclusion de l'outre-mer dans la construction européenne une priorité absolue. La politique d'aide au développement européenne est une politique commune de l'Europe, inscrite dans le traité de Rome en mars 1957, dont le titre IV prévoyait l'association des territoires d'outre-mer, français principalement, en Afrique à la CEE – une association qui préfigurait les conventions de Yaoundé (1963) puis de Lomé (1975) avec ces territoires devenus indépendants. Les Français furent ici les principaux protagonistes, avec des intentions multiples. Outre la possibilité pour les territoires d'outre-mer en Afrique d'écouler leurs produits tropicaux dans les marchés européens, et la nécessité pour assurer le développement économique et social de l'Afrique de faire participer d'autres pays européens au coûteux programme français d'investissements, il s'agissait aussi, dans le cadre notamment de l'Union française, de créer une union douanière, préfiguration des principes préconisés dans le cadre d'un marché commun européen. L'idée existait déjà d'une convergence des deux processus d'intégration, conduisant à l'émergence d'un grand marché entre Europe et Afrique. Alors que, pour les Français, il était naturel de considérer que la Méditerranée réunissait les deux rives d'une même réalité, cette conception n'était pourtant pas partagée par tous les Européens, qui mettaient en garde contre une division de l'Afrique entre pays associés et non associés, et défendaient une conception plus large du continent – débat à nouveau très contemporain. Le contexte international poussait, il est vrai, à l'ambition ; en 1957, deux ans seulement s'étaient écoulés depuis la conférence de Bandoeng.

L'aide de l'Europe à l'Afrique, pour gérer la fin de la relation coloniale et avec l'arrière-pensée de contenir l'influence soviétique, connut une forte croissance à partir des années 1970, matérialisée par les accords successifs de Lomé (1975, 1979, 1984, 1990, 1995) entre l'Union européenne et les États d'Afrique, des Caraïbes et du Pacifique (ACP). L'Europe pratiquait alors un régionalisme préférentiel, qui privilégiait les relations, notamment commerciales, avec ses anciennes colonies, dans un objectif de développement et sans chercher à imposer le respect de règles économiques ou politiques. Les accords de Cotonou en 2000 marquèrent un tournant, dans le contexte international du consensus de Washington, marqué par un recentrage de l'aide sur la lutte contre la pauvreté et la fixation de conditions de « bonne gouvernance. » Au plan commercial, l'Europe décidait alors de s'aligner sur les règles de l'OMC.

Un reflux net intervint avec la fin de la guerre froide, dans un contexte de politiques budgétaires restrictives en Europe, et compte tenu de la priorité mise alors sur les progrès de l'intégration européenne – l'élargissement, l'Acte unique puis l'euro. Les interrogations parmi les donateurs sur l'efficacité de l'aide – la « fatigue » de l'aide – jouèrent aussi négativement. Après les dividendes de la paix, l'Europe toucha les dividendes du développement. L'étiage de l'aide à l'Afrique fut atteint à la fin des années 1990. De manière assez nette, la mondialisation eut pour effet de détourner l'Europe de l'Afrique, au risque que l'Afrique ne se détourne bientôt de l'Europe.

Le reflux a pris fin il y a une dizaine d'années et aujourd'hui, fait trop peu connu, l'Europe est la zone la plus généreuse du monde, loin devant les États-Unis, le Japon et les pays émergents. Plus de la moitié de l'aide publique au développement mondiale provient désormais d'Europe, si l'on ajoute l'action des États membres à celle de la Commission européenne. En 2018, l'Union européenne a consacré à l'aide au développement 0,47 % de son revenu national brut pour un total de 86 milliards de dollars, soit 57 % de l'aide totale, les États-Unis n'y consacrant que 0,17 % de leur richesse nationale et le Japon 0,28 %. Le 11e Fonds européen de développement pour la période 2014-2020 est doté d'un budget de plus de 30 milliards d'euros. Et 89 % des citoyens européens se déclarent convaincus de la nécessité d'aider les populations des pays en développement, un consensus très fort qui réunit 98 % des Suédois et jusqu'à 75 % des Bulgares. Cinq États européens ont même dépassé le seuil de 0,7 % de leur revenu national consacré à l'APD : le Luxembourg (0,98 %), la Suède (1,04 %), le Danemark (0,72 %), le Royaume-Uni (0,7 % et 19,5 milliards de dollars) et l'Allemagne en 2017, malgré un léger reflux en 2018 (0,61 %, soit 25 milliards de dollars) dû à la baisse des dépenses pour les réfugiés. La France, qui consacrait en 2016 0,38 % de son revenu à l'APD, augmente à nouveau significativement son aide, avec 0,43 % en 2018, soit 12 milliards de dollars, et l'objectif fixé par le président Emmanuel Macron d'atteindre 0,55 % en 2022.

Il a toujours existé en Europe l'idée de se réconcilier avec ses ennemis sur son propre sol, dans l'objectif de se réconcilier avec le monde. C'est parce qu'existait une réconciliation interne que pouvait naître une réconciliation externe. C'est parce qu'il y avait création de valeurs politiques communes à l'intérieur de l'Europe qu'a émergé une politique commune avec nos voisins africains. Les projets interne et externe ont, dans l'esprit des Européens, toujours été intimement liés.

L'Europe, acteur innovant du développement et du climat

L'Europe et ses institutions constituent aujourd'hui la zone non seulement la plus généreuse mais également la plus innovante en matière de financement du développement et de lutte contre le changement climatique.

C'est en Europe que sont nés il y a plusieurs décennies tous les instruments de financement tournés vers le secteur privé, passant d'une époque où l'on finançait seulement des projets publics, suivant le modèle de la Banque mondiale, à une époque où la politique de développement est venue compléter son action par l'appui au secteur privé du Sud. Plusieurs pays européens possèdent ainsi des institutions financières spécialisées dans ce domaine : la CDC britannique (Commonwealth Development Corporation) existe depuis 1948 ; les Allemands ont créé la DEG (Deutsche Investitions- und Entwicklungsgesellschaft) dès 1962 ; Proparco, la filiale de l'AFD, est fondée en 1977 ; les Néerlandais ont créé FMO (Entrepreneurial Development Bank) ; la Suède Swedfund ; la Norvège Norfund ; l'Espagne COFIDES ; le Portugal SODIF ; etc. Seize institutions européennes, dédiées au secteur privé du Sud, ont constitué depuis 1992 un réseau opérationnel et efficace, les « European Development Finance Institutions (EDFI) ». Elles échangent en continu, se transmettent les dossiers et cofinancent des projets du Sud pour plus de 6 milliards d'euros par an. Leur bilan consolidé dépasse déjà les 40 milliards d'euros. Ce réseau de solidarité européenne, lieu de concertation et de mise en œuvre d'actions communes, est particulièrement innovant, dans sa capacité notamment à cofinancer rapidement des dossiers. Les États-Unis et le Canada viennent seulement de se doter d'une institution comparable, dédiée au secteur privé : le Canada a créé en 2017 FinDev, et les États-Unis en 2018 USDFC (United States Development Finance Corporation), issue de la fusion de plusieurs agences gouvernementales, avec l'ambition pour cette dernière de mobiliser jusqu'à 60 milliards de dollars de financements.

L'Europe innove en acceptant de prendre une part du risque des investisseurs privés. Après une première période où les agences européennes assuraient le financement public d'entités publiques, puis le financement privé d'entités privées, elles mixent aujourd'hui les deux ressources, de telle sorte que des investisseurs qui ne seraient jamais allés dans les pays pauvres en trouvent le chemin. On parle de *blended finance* : de l'argent public, des dons, sont utilisés non seulement pour réaliser des projets concernant la santé ou l'éducation, mais aussi pour attirer les investisseurs dans les pays du Sud. Le plan d'investissement extérieur (PIE), lancé à Abidjan en septembre 2017 et présenté comme la déclinaison internationale du plan Juncker lancé en Europe après la crise de 2008 pour accélérer les investissements et les rendre plus durables, doit permettre de garantir pour un montant initial de 1,5 milliard d'euros des investissements privés au Sud. Plusieurs projets présentés par l'AFD ont déjà été approuvés par ce mécanisme pour un total de plus de 250 millions d'euros pour de l'assistance technique, des prêts et des garanties. Il s'agit notamment : d'un fonds de garantie de paiements publics en cas de défaut de l'acheteur public d'énergie renouvelable (European Guarantee for Renewable Energy [EGRE]) ; d'un programme baptisé CITYRIZ destiné à garantir les emprunts en monnaie locale de collectivités locales du Sud – en particulier les villes moyennes qui sont aujourd'hui très mal financées et où les besoins en infrastructures de qualité sont immenses – ; ou encore près de 100 millions d'euros pour garantir des lignes de crédits de notre dispositif AGREENFI conçu pour inciter les banques locales à prêter à des très petites, petites et moyennes entreprises en zone rurale, qu'elle refuserait d'accompagner sans ces incitations. Aucun autre acteur que l'Europe n'agit aujourd'hui à une telle échelle, et la Commission européenne, sous l'impulsion forte de notre partenaire Stefano Manservisi, directeur général du développement et de la coopération internationale, a même proposé que ces instruments financiers innovants représentent jusqu'à 60 milliards d'euros pour la période 2021-2027, dont 15 milliards d'euros pour le seul mécanisme de garantie des investissements.

Sans que les citoyens européens en prennent encore toute la mesure, s'est ainsi construit en Europe un système cohérent d'instruments et d'acteurs de développement. Le réseau des agences d'EDFI en a constitué le premier niveau, première plateforme d'investisseurs publics solidaires. Ce mouvement s'est désormais étendu à leurs maisons mères, les institutions de développement elles-mêmes de plus en plus souvent financées par délégations de crédits européens. Depuis moins de dix ans, un ensemble cohérent est en train d'émerger avec, au centre du jeu, la Commission européenne qui dispose du budget de l'aide publique communautaire, dont le volume est considérable avec 16 milliards de dollars de subventions en 2018. Après l'avoir longtemps géré elle-même et l'avoir mis en œuvre avec son réseau de délégations dans tous les pays, et tout en accordant de très importants transferts budgétaires vers l'ONU ou la Banque mondiale pour environ un tiers de cette enveloppe annuelle, la Commission a changé de politique et décidé de confier la gestion d'une part plus importante de ses ressources aux institutions de développement des États membres. C'est une excellente orientation ; en déléguant ses ressources pour faire levier sur les bilans de banques de développement des États de l'UE, la Commission démultiplie sa capacité financière et fait émerger des priorités communes, au service desquelles elle aligne les institutions européennes. Leur action est plus fortement coordonnée par l'existence de liens financiers entre agences. Ainsi, Bruxelles délègue désormais à l'AFD plus de 500 millions d'euros par an, soit 50 % des sommes que lui confiait avant 2019 le budget de l'État français. Ces crédits sont ensuite mixés avec les financements de l'AFD, pour le plus grand profit de nos clients du Sud. Instrument français qui sert la politique de son pays, l'AFD est ainsi devenue également un outil européen qui embarque aussi les priorités de l'Union. Cette dimension devrait rester importante à l'avenir, pour peu que la Commission européenne décide d'augmenter encore les crédits délégués aux États membres, qui ne représentent encore aujourd'hui qu'environ 10 % de l'aide communautaire.

Une agence de développement dans chaque État membre

Pour que l'Europe, premier financeur du développement du monde, puisse donner à son action toute son ampleur et que le système européen de développement achève de se constituer, il est indispensable que chaque État membre construise sa propre institution de développement. Quand bien même cette institution ne remplirait pas toutes les caractéristiques de l'instrument de développement idéal décrit au chapitre précédent, ce serait un excellent début. En accordant des dons, même modestes, en fournissant de l'assistance technique, ces institutions pourraient agir utilement, former un réseau de professionnels avec leurs pairs européens et être en capacité de parler du Sud et du développement durable dans leur propre pays.

Ces agences permettraient, en ancrant la politique du développement à l'échelon national, d'éviter une centralisation excessive des actions de coopération à Bruxelles ou à Luxembourg, loin du citoyen européen, au moment même où il faut le convaincre directement qu'il est concerné par cette politique et ses enjeux. Ces agences nationales seraient en effet capables de parler à l'opinion de chaque pays, contribuant ainsi à éviter de cultiver les peurs et à dégonfler les fantasmes. Possédant la connaissance du reste du monde, elles auraient la mission d'apporter dans le débat public de l'information et de la raison sur les risques et les opportunités des pays en développement. Aujourd'hui, ce manque se ressent particulièrement dans les pays européens où le sujet du développement est très peu connu, ce qui alimente un paradoxe, éminemment dommageable et dangereux : ces pays éloignés de l'Afrique ou du Moyen-Orient en ont pourtant très peur. L'Afrique y occupe dans les débats publics une très grande place, qu'il faut démythifier.

Tous les États européens ont intérêt à soutenir l'action de développement. Investir, transférer des ressources et créer des emplois en Afrique devraient être le plus petit commun dénominateur de tous les dirigeants européens, soit que l'on veuille garder l'Europe ouverte et que l'on pense que les échanges de populations sont bons par principe ou pour notre démographie, soit, à l'inverse, que l'on souhaite que les Africains restent en Afrique et que les migrations soient très strictement régulées. Prenons au mot tous les Européens et proposons-leur d'unir leurs forces aux nôtres. Nous y sommes prêts à l'AFD. Nous avons accompagné nos amis de la Cassa Depositi e Prestiti italienne en y détachant l'un de nos cadres pendant deux ans. Nous observons avec beaucoup d'intérêt les nouvelles ambitions espagnoles. Les Hongrois envisagent de créer une agence de développement et l'AFD souhaite coopérer activement avec les responsables de ce projet. La Commission européenne est elle aussi prête à accompagner les États membres dans la constitution de ces nouvelles agences et pour leur mise en réseau.

Il existe aujourd'hui un camp d'Européens déterminés à agir – Britanniques, Nordiques, Français et Allemands au premier chef, aux côtés des institutions communautaires. En Allemagne, le mouvement a été particulièrement spectaculaire. Angela Merkel a trouvé, au moins temporairement, dans la politique de développement la réponse stratégique à la crise des migrants de 2015 ; elle était alors allée au Mali, au Niger, en Éthiopie et avait reçu à Berlin les présidents Muhammadu Buhari du Nigeria et Idriss Déby du Tchad, la même semaine d'octobre 2016. La chancelière avait alors porté un message politique sur le développement de ces territoires, sur la nécessité de trouver des solutions sur place, à la racine du problème, qui avait trouvé un fort écho en Allemagne. En 2017, son gouvernement a été le premier à consacrer une réunion du G20 exclusivement à l'Afrique, lançant à cette occasion son « Compact with Africa ». Et l'Allemagne a atteint 0,7 % de son revenu national, cette même année 2017.

Une double réconciliation

L'action internationale positive des Européens pourrait en retour nous aider à apaiser nos propres tensions. Car les fractures multiples identifiées dans le premier chapitre – climat, insécurité, inégalités, déséquilibres financiers, etc. –, nous les connaissons aussi à l'intérieur de l'Europe. Et notre action sur ces sujets dans le reste du monde peut soutenir et inspirer nos efforts collectifs. Chercher à réconcilier dans le monde pour nous réconcilier nous-mêmes, en somme.

L'AFD interagit déjà, et de plus en plus, avec les institutions comparables du reste de l'Europe. Notre premier partenaire est l'Allemagne, où une relation ancienne et profonde nous lie avec la KfW. L'AFD travaille également avec les agences de développement d'Espagne, d'Italie, de Suède. Elle gère même des fonds du DFID, le ministère du Développement britannique, au Kenya pour y faire de l'électrification rurale !

Notre premier sujet d'intérêt commun, c'est évidemment l'Afrique et sa dynamique démographique et économique. Alors que les projections prévoient une stagnation de la population en Europe à l'horizon 2050, avec des baisses de –15 à –30 % dans neuf États membres (Allemagne, Hongrie, Estonie, Slovaquie, Pologne, Roumanie, Lettonie, Lituanie, Bulgarie), un pays nouveau de la taille de l'Algérie naîtra en moyenne chaque année en Afrique sur la même période ! Cette situation et la course engagée en Afrique entre croissances économique et démographique ont déjà et auront pour longtemps des conséquences, qu'il faut anticiper et gérer en commun. Nous devons trouver collectivement des réponses aux défis pour partie symétriques auxquels font face nos deux continents.

L'Europe pourrait aussi trouver hors de ses frontières une voie pour revivifier son modèle démocratique et d'intégration régionale. Aujourd'hui, le modèle chinois se diffuse rapidement en Afrique. Il plaît particulièrement aux Éthiopiens, aux Zimbabwéens ou aux Rwandais, qui y voient un modèle de croissance économique à droits réduits, dans un seul pays, alors que l'Europe peut au contraire proposer un autre modèle, démocratique et collectif. Si le modèle chinois a aujourd'hui le vent en poupe, nul ne sait quel sera le modèle gagnant dans dix ans. Il suffit pour s'en convaincre de se souvenir des jugements définitifs prononcés il y a dix ans, alors que l'Europe était alors beaucoup plus attractive que la Chine. Sans oublier que les organisations régionales africaines se portent plutôt bien, qu'il s'agisse de la Communauté économique des États de l'Afrique de l'Ouest (CEDEAO) – désormais particulièrement efficace pour gérer les tensions politiques en son sein –, de la Southern African Development Community (SADC) ou de l'East Africa Community (EAC). Un échange fructueux entre ces organisations et l'Union européenne pourrait reprendre, pour peu que l'Europe ne commette pas l'erreur de traiter avec les États africains individuellement au lieu de jouer la carte régionale, comme nous l'avons fait à tort, un temps, dans la négociation des accords de partenariats économiques (APE) qui ont dégradé les relations entre nos deux continents pendant plus de dix ans.

L'Afrique s'est souvent tournée vers l'Europe, sinon comme un modèle, du moins comme une référence. Non sans ambivalences[21], il existe un miroir africain de l'Europe, dans lequel celle-ci a peut-être perdu l'habitude de se regarder, comme il existe pour l'Afrique un miroir européen. Tous les États

21. Voir notamment Jean-Pierre Dozon, *Frères et sujets. La France et l'Afrique en perspective*, Flammarion, 2003.

cherchent actuellement à dépasser les limites et les faiblesses de l'État-nation, selon les voies qui leur sont propres mais dans un dialogue qui ne peut qu'être profitable à tous. Je me prends parfois à rêver d'une forme d'alliance structurée entre nos deux Unions, africaine et européenne, pour gouverner ensemble nos biens communs, alliance dans laquelle la France jouerait un rôle éminent, utile et positif, compte tenu de sa position unique. Après tout, personne ne conteste plus – ou presque – la souveraineté de la France sur l'île de la Réunion, où vit près d'un million de nos compatriotes, soit plus que dans six États membres de l'Union africaine (Djibouti, Comores, Guinée équatoriale, Cap-Vert, São Tomé e Princípe et les Seychelles).

Les projets de développement menés collectivement au niveau européen, en partenariat, sont des moyens concrets pour apporter des réponses communes aux menaces qui pèsent sur nous. C'est l'exemple de l'Alliance Sahel, lancée le 13 juillet 2017 à l'occasion d'un Conseil des ministres franco-allemand, avec le concours de six institutions financières, dont la Banque mondiale, la Banque européenne d'investissement (BEI), le Programme des Nations unies pour le développement (PNUD), la Banque africaine de développement (BAfD), initiative à laquelle se sont rapidement joints de nombreux autres pays européens. Pour répondre la crise sahélienne, l'Europe a apporté, dans un premier temps et en urgence, une réponse principalement politique et militaire. Celle-ci est désormais complétée par un effort résolu en matière de développement. L'Alliance Sahel, au profit des pays du G5 Sahel, est le pendant de l'opération Barkhane, action militaire collective, européenne et internationale qui accueille en son sein des soldats allemands, britanniques, néerlandais, espagnols, etc. Les membres de l'Alliance Sahel, au total une quinzaine de partenaires, gèrent déjà un portefeuille de 9 milliards d'euros de projets. L'accent est mis sur le regroupement des interventions dans les zones vulnérables où le risque de radicalisation et de bascule est le plus aigu, et où les institutions des États concernés n'apportent plus les services essentiels que les populations attendent.

Dans le même esprit, s'agissant de la fracture environnementale, le programme Euroclima+, au profit de dix-huit pays latino-américains, est géré par quatre agences européennes (l'AFD, l'agence de coopération FIIAPP et l'agence de financement AECID pour l'Espagne, l'agence de coopération allemande GIZ) et deux agences onusiennes. Doté d'un budget de 88 millions d'euros, il apporte une assistance technique pour les politiques climatiques, nationales et locales. Ses premiers résultats sont prévus pour 2019 dans différents domaines : la gestion des risques de catastrophes naturelles, la mobilité urbaine, l'efficacité énergétique et la gestion de l'eau en milieu urbain, ou encore les forêts et la biodiversité.

Les Européens se réconcilient aussi en faisant ensemble du développement et en joignant leurs forces avec celles de leurs partenaires du Sud au service de nos biens communs.

Demain, un système européen pleinement intégré

Au lendemain des élections européennes de mai 2019, il me semble possible d'aller plus loin encore dans la définition et l'organisation d'une politique de développement européenne réellement intégrée, en suivant trois principes : une institution dans chaque État membre, une coopération renforcée entre les pays les plus engagés, enfin une autorité politique et une banque de développement unique accordées au niveau communautaire.

Il est essentiel que le premier niveau de cette architecture européenne de l'aide soit composé d'institutions nationales, points d'appui dans chaque État membre. Il existe d'ores et déjà un « réseau des praticiens » (*practitioners network*), créé dès 2007 sous l'impulsion de l'AFD et de la KfW et que président aujourd'hui nos collègues d'Expertise France, qui réunit quinze agences de développement européennes avec la Commission européenne. Bien qu'informelle, cette communauté d'acteurs bilatéraux européens se réunit régulièrement pour faciliter la connaissance mutuelle et l'échange d'expériences entre ses membres, promouvoir des actions et des positions conjointes, favoriser le dialogue et contribuer au renforcement du partenariat avec la Commission européenne. Pour renforcer encore ce réseau, la Commission européenne doit créer un programme de formation, d'échange de personnel, de coopération technique et de conseil juridique pour aider chaque État membre à se doter de sa propre institution de développement. La Commission pourrait également inciter ces institutions à travailler ensemble en donnant plus fortement encore la priorité dans l'accès aux fonds communautaires aux projets portés conjointement par plusieurs agences européennes. En dépit du Brexit, les relations avec nos collègues britanniques doivent être maintenues et approfondies dans ce cadre.

Au deuxième niveau, l'intégration doit se renforcer entre les pays les plus engagés. La France a proposé d'aller plus loin à l'Allemagne : partager des bureaux communs, mutualiser des spécialistes, fixer ensemble des cibles de cofinancement, structurer davantage de projets communs, etc. Une telle action pourrait être engagée également avec nos collègues suédois et avec tous ceux qui partagent le même niveau d'ambition internationale et les mêmes priorités géographiques. L'objectif est ici de multiplier les projets cofinancés entre agences européennes, en réduisant d'autant les coûts d'instruction. Une incitation politique forte dans chaque État et au niveau du Conseil européen permettrait d'aller plus vite et plus loin dans cette direction.

Le troisième niveau, celui des institutions communautaires, doit enfin être organisé de manière plus efficace et dynamique. Le jeu actuel à trois institutions – Commission, BEI et BERD – pourrait être amélioré. La BERD, instrument créé par l'Europe pour aider et reconstruire les pays de l'Est après la chute de l'Union soviétique et dont le périmètre a été élargi à l'Afrique du Nord en 2011, a largement achevé sa mission depuis que ces États ont adopté l'économie de marché et les principes démocratiques, et sont même devenus, pour nombre d'entre eux, membres de l'Union européenne. La BEI, à l'inverse, est essentiellement une banque d'investissement dans les infrastructures. Un rapprochement de ces deux institutions pour créer une institution de développement unique aurait beaucoup de sens. À la condition expresse que la nouvelle entité ne prétende pas devenir une « banque mondiale de l'Europe » mais serve au contraire de glu entre et au service des institutions de développement des États membres, par des règles de cofinancement strictes, en assurant leur financement, en s'appuyant sur leurs réseaux ou en leur permettant de gérer plus efficacement leurs limites d'expositions prudentielles dans certains pays. Jouer collectif sera, j'en suis persuadé, un pari gagnant pour l'avenir. Le tout au service de la Commission européenne qui reste au cœur politique et budgétaire du système européen.

Dernier élément de l'architecture : quelles ressources financières ? Suivons ici le principe selon lequel la mauvaise finance doit financer la bonne et instaurons enfin une taxe sur les transactions financières à l'échelle de l'Europe qui servirait de base au financement du développement et de la lutte contre le changement climatique.

Le développement doit faire explicitement partie du nouveau projet européen en contribuant à un nouveau récit, au-delà de l'aide et vers un partenariat dynamique à la recherche de solutions partagées. La négociation engagée depuis quelques mois pour renouveler le partenariat Afrique-Caraïbes-Pacifique (ACP) pourrait permettre des progrès significatifs dans cette direction vers une plus grande cohérence et une intégration plus poussée encore des instruments de développement de la Commission et des États membres, afin de développer un système cohérent fondé sur un réseau d'agences nationales articulées aux institutions communautaires.

Il faut aujourd'hui nous souvenir de l'histoire européenne, qui a fait naître sur ce continent une générosité, une vocation et une sensibilité particulières. Les États européens assument une responsabilité partagée, ouverte et non agressive dans le monde. Ils continuent à défendre une certaine vision de l'homme, de sa dignité et de ses droits. Ils connaissent le prix des guerres, des fanatismes, des intolérances. Ils doivent être les premiers artisans des réconciliations.

CHAPITRE VII

L'Afrique, territoire des réconciliations

Cent quarante-cinq kilomètres séparent la Sicile et la Tunisie. Quatorze kilomètres à peine l'Espagne continentale et le Maroc. Continents mitoyens, l'Afrique et l'Europe ont depuis des siècles des évolutions interdépendantes, liés par une histoire commune. Continents solidaires, chacun porte une part de responsabilité pour assurer l'avenir commun de nos deux ensembles géographiques. Le succès de la maîtrise des grands défis du développement conditionnera non seulement l'avenir de l'Afrique, de sa nature et de ses habitants, mais également le destin de l'Europe et de ses peuples.

Alors, l'Afrique, premier territoire pour nos réconciliations ? À l'évidence, oui. Comme un précipité de tous les enjeux évoqués dans ce livre.

Parce que, historiquement, la méthode et l'objectif de la réconciliation procèdent du continent africain : la tradition des palabres, de l'*indaba* des sociétés zulu et xhosa, des *gacaca* au Rwanda, celle des commissions Vérité et Réconciliation en Afrique du Sud, au Liberia ou en Côte d'Ivoire, déjà évoquées.

Parce que les fractures évoquées au premier chapitre de cet essai – la guerre, le réchauffement climatique, l'accès aux financements, la pauvreté, les inégalités – s'y expriment de manière particulièrement intense, et que cette situation d'urgence impose la réconciliation.

Parce que c'est en Afrique que se trouvent à la fois un épicentre de risques et l'espoir du monde, à la fois les plus grandes opportunités, les plus grands risques et sans doute les innovations qui construiront le monde de demain.

L'urgence des réconciliations africaines

Les questions de guerre et de paix s'expriment et se renouvellent en Afrique de manière inédite. Comme l'a souligné Bertrand Badie[22], ce sont les pays africains, où les formes d'États-nations sont extrêmement récentes et où le lien social est différent de ce qui a été construit pendant des siècles en Europe, qui ont été les premiers frappés par des phénomènes de contre-société, d'extrémismes et de guerres non classiques. Et c'est en Afrique que nous avons expérimenté et compris – notamment les Américains lors de l'opération Restore Hope en Somalie en 1993 – à quel point les outils militaires de la puissance sont mal adaptés, dans un mode de rapport de force où le faible l'emporte souvent, sinon toujours, sur le fort.

22. Bertrand Badie, *Quand le Sud réinvente le monde. Essai sur la puissance de la faiblesse*, La Découverte, 2018.

Le sujet climatique rend plus aiguës encore les difficultés du continent. Si les Africains auront sans doute la chance d'adopter des technologies nouvelles beaucoup plus rapidement que nous, LeapFrog oblige, notamment dans le domaine des énergies renouvelables, c'est aussi en Afrique hélas que les questions d'adaptation, c'est-à-dire de prise en compte des conséquences néfastes inéluctables du réchauffement climatique sur l'agriculture, la gestion de l'eau, la dégradation des sols ou l'érosion côtière, vont frapper le plus durement. Le continent paie le prix fort de nos dérèglements exportés, son climat comme sa biodiversité. Et nous sommes très en retard. Il faut préserver, innover, s'adapter en Afrique avant le reste du monde et les moyens financiers mobilisés – de l'ordre de 15 % de la finance climat seulement – restent très insuffisants, malgré les annonces récentes de la Banque mondiale ou des innovations comme le programme « Transforming Financial System for Climate (TFSC) » de l'AFD et du Fonds vert pour le climat constitué de lignes de crédit orientées vers l'adaptation et distribuées par les banques africaines, pour un montant total de 650 millions d'euros.

Sans oublier les risques que représente le réendettement rapide des États, qui pourrait rendre beaucoup plus difficile à l'avenir le financement des investissements indispensables. Selon le FMI, neuf des douze pays désormais en situation de forte tension sur leur dette dans le monde fin 2018 sont en Afrique subsaharienne. Ce réendettement des gouvernements des pays pauvres s'explique hélas souvent plus par les chocs conjoncturels et leur impact sur les déficits publics, voire par la mauvaise gouvernance, que par une forte hausse des investissements publics. Le financement de l'Afrique fait ainsi face aujourd'hui à un paradoxe : alors que les gouvernements doivent maîtriser la dette publique, le financement des économies africaines reste très mal assuré. L'Afrique est la région du monde qui porte le moins de dette privée, pourtant indispensable à l'investissement productif et à la création d'emplois. La dette des ménages est de 60 % au niveau mondial mais de 37 % seulement en Afrique.

C'est également dans certaines régions d'Afrique que les inégalités sont les plus fortes du monde. Le coefficient de Gini moyen du continent est de 45, pour une moyenne mondiale de 38. La plupart des pays africains sont au-dessus de la moyenne mondiale. L'Afrique du Sud est le pays le plus inégalitaire au monde avec un coefficient de 63. Ces inégalités nourrissent les fractures sociales, alors que l'Afrique compte encore 420 millions de personnes en situation d'extrême pauvreté, soit un tiers de la population du continent et près des trois quarts des plus pauvres dans le monde. Ces inégalités entretiennent également les conflits intergénérationnels dans un continent où plus de 2 milliards d'enfants vont naître d'ici à 2050, où 40 millions d'actifs arrivent chaque année sur le marché du travail et où les espaces d'expression politique restent largement monopolisés par les générations les plus âgées.

La question migratoire se pose également en Afrique comme jamais dans l'histoire du monde. Il n'y a jamais eu de croissance démographique aussi puissante sur un laps de temps aussi court que celle que connaît aujourd'hui le continent, marqué notamment par une augmentation concomitante de la population urbaine et de la population rurale.

Tout Afrique

Pour prendre la mesure et comprendre les enjeux du continent, il faut impérativement changer de regard. Écouter, étudier et respecter. À l'AFD, nous avons exprimé ce décentrement en deux mots seulement : « Tout Afrique ». Et si nous cessions enfin, dans nos têtes et dans nos organisations, de couper le continent en deux, entre Afrique du Nord d'une part et Afrique subsaharienne d'autre part ? Et si nous voyions le continent comme le voient les Africains eux-mêmes – je pense aux remarquables travaux que conduit Vera Songwe à la tête de la Commission économique pour l'Afrique des Nations unies ? Et si nous adoptions enfin la manière dont les Africains se gouvernent, se représentent et se comprennent eux-mêmes, que verrions-nous ? « Tout Afrique » : deux mots comme une évidence. J'en ai testé la pertinence lors d'un colloque organisé en avril 2017 à l'Institut du monde arabe réunissant entrepreneurs, chercheurs, financeurs et société civile. Depuis, j'en poursuis et défends l'idée partout.

Afrique du Nord et Afrique subsaharienne sont des ensembles inventés et utilisés par les gens du Nord. Et cette division de l'Afrique a des effets majeurs : elle perpétue des schémas coloniaux – un gouverneur général à Alger et un autre à Dakar. Elle diminue l'Afrique et nie son poids réel, économique et démographique. Qui connaît le PIB de l'Afrique ? Quand on lit les rapports et que l'on consulte les données de la Banque mondiale ou du FMI, dont les États africains sont pourtant actionnaires, l'Afrique n'existe pas ! Les données disponibles portent sur l'Afrique subsaharienne ou sur la zone MENA, qui s'étend depuis le Maroc jusqu'à l'Iran, sans qu'il soit même possible de faire des additions. Sans données fiables et agrégées, on accordait naguère, je me souviens, à l'Afrique le même poids économique que celui de la Belgique (*sic*), puis de la Suède, approximation qui ne prenait en compte que l'Afrique subsaharienne, parfois même sans la riche Afrique du Sud. Aujourd'hui, quand on regarde la démographie et la richesse du continent, pour autant qu'on les connaisse puisqu'elles sont généralement sous-estimées dans les données statistiques, l'Afrique est l'exacte égale de l'Inde. Pourtant, dans la sphère économique, personne ne donne à l'Afrique le statut qui est donné à l'Inde, membre du G20, considérée partout comme une puissance émergée.

Couper l'Afrique en deux, c'est aussi se condamner à mal comprendre les migrations et à y apporter des réponses partielles. C'est croire que des centaines de millions de femmes et d'hommes seraient massés au sud du Sahara et que, si le prétendu glacis de l'Afrique du Nord venait à céder, ils se déverseraient en Europe. Si au contraire on regarde l'Afrique tout entière, on voit la centralité du Sahel et plus largement toute l'étendue de notre « voisinage », de la Méditerranée jusqu'au golfe de Guinée. Regarder toute l'Afrique, c'est comprendre que le Sahara n'a rien d'un désert, c'est une mer, au cœur du continent, qu'ont toujours traversée de multiples échanges.

Dès que l'on sort d'une vision duale du continent et que l'on décentre le regard, de nouvelles réalités et d'autres lignes de force apparaissent. On voit apparaître une Afrique globale et de plus en plus globalisée, des Afriques régionales – les six régions de l'Union africaine, y compris la sixième que constituent les diasporas –, dans leur pluralité et leur diversité. Les dynamiques africaines culturelles, économiques, linguistiques, humaines, redeviennent visibles, en tous sens. On y apprend notamment à voir l'Afrique à l'envers : alors que l'Afrique du Nord semblait se distinguer très nettement de l'Afrique subsaharienne, on constate que l'indice de développement humain en Afrique australe est plus élevé qu'en Afrique du Nord – 0,69 en Afrique du Sud, contre 0,66 au Maroc notamment –, comme le sont également de nombreux autres indicateurs. C'est en Afrique australe que le PIB par habitant est le plus haut du continent à 3 368 dollars. Le taux d'alphabétisation de la population d'Afrique australe est également supérieur à celui de l'Afrique du Nord. Les taux de pression fiscale y sont également supérieurs, supérieurs notamment au Botswana et en Namibie qu'en Algérie, Mauritanie ou Égypte. Plus largement, il faut s'efforcer de comprendre la diversité africaine : qui sait par exemple que les performances en termes de croissance du PIB du Sahel ou de l'Afrique de l'Est sont aujourd'hui remarquables ?

L'Afrique pourrait même être regardée verticalement et non plus seulement horizontalement comme nous le faisons d'ordinaire, un peu paresseusement. La première verticale serait celle de la grande Afrique de l'Ouest qui est en train de se construire sous l'effet notamment de la claire stratégie du Maroc, qui veut coopérer au Sud et y déployer ses investissements. De retour dans l'Union africaine en janvier 2017, le royaume a immédiatement souhaité aussi adhérer à la CEDEAO, l'organisation régionale de l'Afrique de l'Ouest, signe que les Marocains s'intéressent aujourd'hui moins à l'Union du Maghreb arabe (UMA) et au Proche-Orient qu'à leur expansion vers l'Afrique subsaharienne, entre rêve chérifien renouvelé et prise de conscience du potentiel économique du sud du continent. Je sais les réserves de certains pays mais je suis persuadé que la très grande Afrique de l'Ouest existera un jour prochain, de Tanger, frontière avec l'Europe, jusqu'à Bakassi à la frontière entre le Nigeria et le Cameroun, avec liberté de circulation, spécialisation économique et des dynamiques inédites.

La deuxième verticale africaine serait celle que constitue l'Afrique nilotique, une très ancienne zone d'échanges là aussi, actuellement en plein bouleversement sous l'impulsion politique du jeune et visionnaire Premier ministre d'Éthiopie, Abiy

Ahmed. Cette région correspond également à une route de peuplement, dont la maîtrise passe certainement par le renforcement des dynamiques régionales entre Égypte, Soudan, Éthiopie et Érythrée au Nord, et avec les Etats membres de l'EAC au Sud. Je relève que l'Égypte dès 1982, la Libye en 2005 puis la Tunisie en 2018 ont adhéré à la COMESA, le Marché commun de l'Afrique orientale et australe, depuis la Méditerranée jusqu'à l'océan Indien.

Enfin, une troisième verticale, mystérieuse, dangereuse semble traverser tout le continent de part en part, depuis la Libye jusqu'au Mozambique, en passant par le Soudan, le Tchad, le Soudan du Sud, la République centrafricaine, la RDC, le Burundi et le Zimbabwe. Une zone constituée essentiellement de territoires enclavés, sans accès maritimes, et marquée aujourd'hui par de très nombreuses vulnérabilités, qu'il est indispensable d'étudier précisément pour les réduire.

« Tout Afrique », c'est regarder « l'Afrique comme un tout » et voir « toutes les Afriques ». C'est aussi « Tout pour l'Afrique », l'expression de la priorité qu'il nous faut aujourd'hui accorder au continent.

Transitions africaines

Des efforts considérables ont été accomplis depuis les années 1980 et l'Afrique enregistre déjà des réussites étonnantes. Une Afrique puissante, nombreuse, innovante a émergé et nous étonne déjà.

Il ne faut jamais oublier que la transition démographique est d'abord une nouvelle positive pour ce continent immense, où la densité reste quatre fois inférieure à celle de l'Europe et dont le développement a été entravé pendant des siècles par une très faible population, limitant sa croissance d'autant, et qui a déjà dépassé aujourd'hui la population totale de l'Europe et du Moyen-Orient. Le monde va devenir de plus en plus africain : alors qu'en 1980 la population mondiale atteignait 4,4 milliards de personnes dont 10 % seulement en Afrique, le continent africain représentera en 2100 40 % de la population mondiale, avec plus de 4 milliards d'individus. Un monde nouveau, dont la jeunesse sera largement africaine : tandis que 9 % seulement de la jeunesse mondiale vivait en Afrique (44 millions) en 1950 et 15 % en 2000 (164 millions), les projections atteignent 34 % en 2050 (452 millions). En 2100, un jeune sur deux dans le monde vivra en Afrique ! Cette mutation démographique représente un défi colossal en termes d'emplois, de services publics, d'infrastructures. Mais une croissance démographique forte constitue d'abord une opportunité de croissance économique endogène, si l'Afrique parvient à maîtriser et à faire fructifier ce gigantesque dividende démographique. Les courbes sont ici très claires : l'essor de la démographie africaine et l'afflux de nouveaux actifs, à partir de 1995, correspondent exactement au moment où le revenu par habitant en Afrique a commencé une inexorable hausse, continue depuis vingt-cinq ans.

La transition africaine est également économique et financière : si le continent africain reste le continent le plus pauvre du monde, il l'est de moins en moins. Pendant plus de deux décennies, l'Afrique a affiché des taux de croissance élevés, dépassant en moyenne 5 % par an. Après la décennie perdue des années 1980, durant laquelle le revenu par habitant a chuté, beaucoup de pays africains sont entrés dans une nouvelle ère de croissance et de développement. En 2018, sur les dix pays dans le monde où la croissance était la plus forte, six étaient africains : le Ghana (8,3 %), l'Éthiopie (8,2 %), la Côte d'Ivoire

(7,2 %), Djibouti (7 %), le Sénégal (6,9 %) et la Tanzanie (6,8 %). Sur le moyen terme, ce sont des pays africains dépourvus de ressources naturelles qui ont affiché la croissance la plus rapide : l'Éthiopie, l'Ouganda, le Mozambique et le Rwanda.

L'allègement de la dette et la reprise, même modeste, des investissements publics qu'elle a permis ont enclenché cet essor. Des politiques monétaires judicieuses ont également jugulé l'inflation, ce qui a profité aux investissements des entreprises et surtout au bien-être des populations les plus pauvres, les moins à même de se protéger contre la hausse des prix. L'élargissement des assiettes fiscales, encore trop progressif, a permis de mobiliser davantage de ressources pour financer les investissements publics, y compris en capital humain. Enfin, dans certains pays, des secteurs financiers plus solides et actifs ont accordé au secteur privé en expansion les crédits qui lui faisaient cruellement défaut. Ces évolutions sont encore insuffisantes mais tous ces facteurs cumulés ont stimulé l'investissement domestique, entretenu la croissance économique et créé des emplois. L'Afrique est en croissance depuis plus de vingt ans et nous devons en prendre enfin la mesure.

L'Afrique est également en train d'opérer un effort massif en matière de scolarisation. Une révolution silencieuse a lieu dans ce domaine, et les États africains consacrent désormais une part considérable, supérieure à la nôtre, de leurs budgets à l'éducation. Alors que les taux d'alphabétisation des populations de plus de 65 ans sont partout inférieurs à 60 %, ils sont partout supérieurs à 60 % pour les 15-24 ans, et même supérieurs à 80 % au Maroc, en Algérie, en Tunisie, en Égypte, en Afrique du Sud, au Botswana, au Zimbabwe, au Gabon, au Cameroun, au Kenya, en Ouganda et au Ghana. De tels chiffres sont d'autant plus remarquables que les pays occidentaux ont mis plusieurs générations à les atteindre, alors que l'Afrique y est parvenue en l'espace d'une seule génération.

La mortalité infantile a également chuté considérablement en un peu plus de trente ans. Sur la même période de trente-cinq ans, depuis 1980, elle est passée en Afrique de 4 décès précoces sur 10 enfants à 1 sur 5 dans les pays africains les plus mal lotis, et dans beaucoup d'autres à moins 1 sur 10, ce qui est encore dramatique mais signale une évolution très significative et positive. En 2017, le taux de mortalité infantile était même inférieur à 5 % dans un grand nombre de pays : Maroc, Algérie, Tunisie, Libye, Égypte, Sénégal, Congo, Namibie, Botswana, Afrique du Sud, Madagascar, Tanzanie, Rwanda, Kenya, Érythrée.

L'Afrique est également entrée massivement dans la transition numérique. La proportion d'habitants qui possèdent un compte bancaire par téléphone mobile est très supérieure en Afrique subsaharienne (12 %) à la moyenne mondiale (2 %). Et on y compte plus de comptes mobiles que dans l'ensemble du monde ! Le continent va passer directement, pour des pans entiers de son économie, de la monnaie fiduciaire, voire du troc, à une économie sans monnaie, digitale, c'est-à-dire le modèle économique le plus organisé, le plus liquide, le plus moderne. Des États où l'administration est déficiente, où les services publics sont inexistants, passent à l'e-administration, à la dématérialisation, à des services administratifs de qualité en ligne. Les agglomérations congestionnées, encombrées, à l'administration anarchique, inventent des services innovants, préfigurant des *smart cities*. Nul doute qu'une révolution dans le prélèvement de l'impôt, et donc dans la gestion des finances publiques, est également à portée de main en Afrique, qui pourrait renforcer enfin la capacité des États africains à financer leur propre développement.

La transition est enfin politique et citoyenne. Des avancées significatives ont eu lieu sur le plan des institutions politiques, même si les enjeux de mauvaise gouvernance demeurent encore très prégnants et si les libertés publiques restent souvent à défendre. Quand en 1980 la quasi-totalité des États du continent était gouvernée par des autocraties, il n'en restait, selon les mêmes analystes, que trois en 2015 – l'Érythrée, la Guinée équatoriale et le Swaziland. La litanie des coups d'État est désormais un souvenir, comme l'atteste la capacité de l'Union africaine et des organisations sous-régionales à gérer désormais très efficacement les épisodes de tensions politiques.

Il ne faut évidemment pas voir l'Afrique de façon uniforme ou exagérément optimiste. Il existe encore des situations très préoccupantes, et cinq défis majeurs, selon moi, restent à relever : la qualité de l'éducation et de l'emploi, puisque 60 % de la population africaine a moins de 25 ans et que d'ici à 2050 le nombre de jeunes Africains va doubler ; le défi du peuplement et de l'urbanisation, qui suppose un nouvel équilibre entre campagnes et villes ; l'innovation, qu'il est particulièrement difficile de financer et de porter jusqu'au marché en Afrique ; les vulnérabilités, très difficiles à dépasser dans les États les plus fragiles, en particulier les pays enclavés où les crises, bien souvent, succèdent aux crises ; le défi de l'intégration régionale financière, commerciale et humaine enfin, pour mettre les pays sur des trajectoires plus dynamiques que celles que les seules voies nationales peuvent offrir.

Car les Africains innovent aussi en matière de gouvernance. Alors que nous avons cru que le modèle d'intégration régionale était l'Union européenne, on a un peu vite oublié les intégrations régionales africaines, plus anciennes encore et qui fonctionnent de mieux en mieux. Les Africains construisent une zone de libre-échange continentale, ont su gérer les crises en Côte d'Ivoire ou en Gambie par des mécanismes de sécurité collective et de diplomatie sous-régionaux. Les unions monétaires membres de la zone franc sont trop souvent caricaturées ; il faut respecter ces formes supranationales de solidarité politique, bien au-delà de la monnaie, et leur expérience singulière.

Ces formes d'intégration régionale signalent une réalité des États africains bien différente de la nôtre, source de beaucoup d'incompréhension. Nous avons en tête le modèle des structures politiques du Nord, solidifiées par leurs centaines d'années d'histoire – qui peuvent aussi se révéler parfois étouffantes –, et nous jugeons la fragilité des États africains à cette aune. Ces derniers sont peut-être d'une nature différente, plus fluides, plus mobiles, plus disponibles à de nouvelles formes d'action collective. Les relations entre chefs d'État, dirigeants politiques, fonctionnaires, du continent y sont souvent marquées par une grande proximité. S'y ajoute un discours panafricain fondateur, périodiquement réactivé. Les Africains parlent d'enjeux régionaux, d'infrastructures régionales, parce qu'ils savent que les solutions ne sont pas à l'échelle de leurs seuls États. Nous leur répondons trop, je crois, en termes de souveraineté et d'État-nation. Et si nous avions ici aussi à apprendre d'eux ?

Pour un fort réengagement

La France se réengage aujourd'hui en Afrique mais doit encore accélérer. Elle avait, avec d'autres, un peu levé le pied avec la fin de la guerre froide dans les années 1990, alors que le recul de la menace soviétique faisait perdre aux États africains une part de leur attrait géopolitique et que les pays européens se concentraient sur leur propre unification. L'aide au développement de la France a connu alors une nette décrue. En France, le ministère de la Coopération fut supprimé le 1er janvier 1999, fusionné avec le Quai d'Orsay. Comme un symbole, Jacques Foccart était mort deux ans auparavant. Je me souviens que, dans les années 2000 au début de ma carrière, notre relation avec l'Afrique n'intéressait plus grand monde : les colloques que nous tentions d'organiser faisaient alors salle vide !

Mais, depuis le début des années 2010, l'esprit a changé. En décembre 2013, en marge du sommet de l'Élysée entre l'Afrique et la France en présence d'une quarantaine de chefs d'État, nous avions cherché à impulser, avec Pierre Moscovici dont j'étais alors le directeur de cabinet à Bercy et que l'Afrique intéressait déjà beaucoup, une nouvelle dynamique économique entre l'Afrique et la France. Nous voulions provoquer un changement de perception et d'attitude, en passant d'une logique de stocks et de positions acquises à une logique de flux et de promotion d'intérêts économiques réciproques. Un rapport remarquable et remarqué, rédigé à notre demande par Hubert Védrine, Lionel Zinsou, Tidjane Thiam, Jean-Michel Severino et Hakim El Karoui, et supervisé par Julien Denormandie, permit de dégager la substance et les voies d'un « nouveau partenariat[23] ». Ce nouveau discours, incarné dans un forum économique tenu à Bercy, connut un succès remarquable auprès des entreprises françaises et africaines. Au point de refuser du monde ! J'ai compris alors que nous étions entrés dans une nouvelle époque. Et je me souviens encore des mots de la ministre des Finances du Nigeria, Ngozi Okonjo-Iweala, sous les applaudissements de 600 entrepre-

23. « Un partenariat pour l'avenir : 15 propositions pour une nouvelle dynamique économique entre l'Afrique et la France », décembre 2013. https://www.ladocumentationfrancaise.fr/rapports-publics/134000824/

neurs africains et français présents : « Ceux qui ne sont pas encore sur le terrain doivent commencer maintenant. Parce que, croyez-moi, si vous manquez le bateau, si vous n'êtes pas en Afrique maintenant, vous allez rater l'occasion de toute une vie. »

Cet intérêt ne se dément pas depuis lors. Qui parle d'Afrique fait aujourd'hui salle comble à Paris. De nombreux acteurs économiques se rendent compte, après avoir focalisé leur attention sur l'Europe et l'Asie, qu'il se passe quelque chose sur le continent, que le marché africain est là, beaucoup plus proche, géographiquement, historiquement et culturellement, outre le fait qu'il est très souvent, pour certains segments, d'ores et déjà plus rentable. On redécouvre, à cette occasion, que beaucoup d'acteurs français, publics et privés, s'ils ont démonté leurs réseaux d'expatriés, ont souvent gardé des liens en Afrique, prêts à être revivifiés et renouvelés à condition qu'on y remette de l'énergie, de l'envie et un peu de financement public.

L'AFD, qui vit en Afrique et y finance des projets depuis 1941, entend mettre à disposition son réseau, ses connaissances et ses liens avec les acteurs publics et privés du continent pour tous ceux qui ont le projet d'investir, de créer des emplois et de prendre du risque durablement en Afrique. Plateforme française de la politique de développement, l'AFD considère que sa mission est de faire se rencontrer Africains, Français et Européens, de renforcer leurs liens réciproques et de susciter de l'engagement, dans des formes bénéfiques, respectueuses et positives pour toutes les parties.

L'AFD sera toujours et d'abord aux côtés des Africains, par son réseau, par la manière dont ses salariés pensent et agissent, jusque dans ses procédures qui s'appuient sur des maîtrises d'ouvrage locales, que nous cherchons à renforcer. Et l'AFD reste auprès de ses partenaires africains, y compris quand tous les autres acteurs sont partis. Elle entend, modestement, patiemment, avec les instruments qui sont les siens, jouer le rôle d'un agent de réconciliation. Par le bas, par l'économique, par le social, par l'environnemental, pour retisser des liens qui ont été, un temps, suspendus.

C'est pour cette raison que j'ai décidé de me rendre en octobre 2018 au Zimbabwe qui, plongé dans la crise depuis la réforme agraire et l'hyperinflation des années 2000, était sorti de l'attention de la communauté internationale et du financement du développement, avec des conséquences terribles pour sa population et pour la dynamique de l'Afrique australe dans son ensemble. Après, pendant ou avant le rétablissement des relations politiques, il est possible de mener une action de développement pour contribuer à la réconciliation. La situation du pays est hélas encore très troublée mais je ne regrette pas d'avoir donné ce premier signe d'attention. Pour la même raison, je suis allé en Gambie aux côtés de Jean-Yves Le Drian en novembre 2018. C'était la première visite d'une autorité française à Banjul depuis celle du général de Gaulle en 1943 ! Notre attention se porte aussi sur le Liberia, où Américains et Britanniques ont fourni des efforts après la fin de la guerre civile et pendant l'épidémie d'Ebola, mais où la France a sans doute un rôle positif à jouer pour mieux insérer le pays dans la sous-région. L'AFD souhaite également participer très activement à la réconciliation entre le Rwanda et la France, comme nous avons commencé à le faire.

Construire un nouvel imaginaire

Le Sud inspirera le Nord. C'est ce que dit Jean-Marie Dru, le président d'UNICEF France, quand il parle d'innovation partagée en matière de santé. Le CardioPad, une tablette tactile créée au Cameroun, en est un bel exemple qui, dans des zones très reculées et éloignées de tout réseau médical, permet de réaliser un examen cardiaque en moins d'une demi-heure, transmis ensuite à des cardiologues. Et si ce dispositif était un jour déployé aussi dans les déserts médicaux en France ? Je pense aussi à l'exemple de la constitution d'un corps d'auxiliaires de santé issus du même cadre de vie que les patients : ce dispositif mis en place au Rwanda et en Haïti, puis appliqué à Boston, a permis d'améliorer la santé des habitants des quartiers défavorisés.

Les innovations surgissent en Afrique ; certaines se diffuseront ensuite dans le monde entier. Toutes les régions du monde dialoguent, échangent, si bien que l'innovation devient partagée. Aux défis des uns peuvent répondre les solutions des autres, dans les deux sens. L'exemple le plus connu est évidemment celui de la téléphonie mobile. Au-delà de toutes les prévisions, ce sont les Africains qui s'approprient et développent souvent les premiers les technologies de paiement mobile. Orange, grande entreprise française, a fait de l'Afrique son territoire d'innovation. L'Afrique n'est pas passée par la téléphonie fixe et des États qui n'ont pas connu les télécommunications par fils de cuivre passent directement au câble et à la fibre. Les Africains basculent directement dans les dernières technologies et inventent de nouveaux usages, qui viendront ensuite chez nous. L'initiative Digital Africa, lancée au salon VivaTech au printemps 2018, et qui vise à fédérer les réseaux d'entrepreneurs du numérique en Afrique, en est une autre illustration.

Le même phénomène s'observe également en matière d'énergies renouvelables. Dans le domaine énergétique, les populations passent directement de l'électricité intermittente, quasiment inexistante ou particulièrement coûteuse et polluante, à l'électricité durable et verte. Je me souviens de ma visite, toujours avec Jean-Yves Le Drian, de la centrale hybride de Kiffa au sud-est de la Mauritanie, qui permet d'économiser, en ayant recours au photovoltaïque, plus du tiers de la consommation en fioul d'une centrale thermique, dans un pays dont plus de la moitié de la production électrique est déjà renouvelable. J'ai annoncé également avec bonheur à l'automne 2018 aux côtés de mon ami Thierry Tanoh, alors ministre de l'Énergie de Côte d'Ivoire, que l'AFD financerait la première centrale solaire flottante d'Afrique sur le lac de Kossou. J'ai déjà évoqué l'émotion de l'inauguration de la centrale de Zagtouli au Burkina Faso, la plus grande centrale solaire d'Afrique de l'Ouest. Des mix énergétiques innovants sont en train de naître partout en Afrique. Ils nous interpellent et nous inspirent déjà.

La politique de développement est en train de connaître sa révolution copernicienne. Il ne s'agit plus seulement d'apporter des dons, des financements, de la compétence, unilatéralement, avec générosité et sans doute une dose de mauvaise conscience. Il s'agit d'affirmer enfin que le Nord et le Sud partagent le même objectif et sont décidés à engager un dialogue sur leurs expériences de développement respectives. Cela suppose, bien sûr, de nous remettre nous-mêmes en cause et d'abandonner toute attitude de surplomb – la France comme le Burkina Faso, Européens et Africains, tous voisins, tous en transition. Nous devons échanger sur nos expériences pour nous réinventer et avancer collectivement sur des trajectoires de développement durable.

Il n'y a là ni utopie ni afro-optimisme naïf. L'Afrique est dans une transformation profonde porteuse de croissance dans la durée. Gardons-nous d'une vision de court terme : il y a trois ans, on annonçait un boom de l'Afrique ; depuis quelques mois, l'idée de crise a resurgi, et en 2016, *annus horribilis,* la croissance africaine atteignait 1,6 % seulement. Mais celui qui fait l'effort de ne pas s'attacher à l'immédiat distinguera surtout une tendance structurelle de développement de l'Afrique, au-delà des cycles liés aux cours des matières premières. Les messages afro-optimistes ou alarmistes passent à côté de l'essentiel, qui est un développement de fond, tiré par la croissance démographique, entraînant pour longtemps la croissance économique. Le capital humain se développe à une vitesse inédite. Les consommateurs testent des usages nouveaux, et ce sont des opportunités formidables pour innover et investir au Sud.

Reste une dernière étape à franchir, qui ne peut se décréter : faire émerger un imaginaire empreint de respect et de créativité entre l'Afrique, la France et l'Europe, et donner à nos organisations et à nos relations un tour nouveau, dépoussiéré, décomplexé, réconcilié. C'est le message que le président de la République, Emmanuel Macron, a passé avec force dans l'amphithéâtre bondé de l'université de Ouagadougou, le 30 novembre 2017 : « Aujourd'hui, nous sommes orphelins d'un imaginaire commun, nous souffrons d'un imaginaire qui nous enferme dans nos conflits, parfois dans nos traumatismes, d'un imaginaire qui n'est plus le vôtre, n'est plus le nôtre, et je veux reconstruire cet imaginaire commun et d'avenir autour de trois remèdes : la culture, le sport et la langue française. » Le partenariat que nous bâtissons avec NBA Africa, pour contribuer au succès des Jeux olympiques de la jeunesse au Sénégal en 2022 ou avec la FIFA pour la promotion du football féminin au Liberia et ailleurs en Afrique, doit contribuer à cet imaginaire commun. Les investissements que l'AFD réalise dans le domaine des industries culturelles et créatives pourraient également y aider, notamment ceux qui permettront, à la demande des autorités béninoises, d'accueillir la restitution des vingt-six œuvres d'art saisies dans les ruines du palais du roi Behanzin à Abomey en novembre 1892 sur ordre du colonel Alfred Amédée Dodds[24].

*

* *

L'aggiornamento du « Tout Afrique » vise à revaloriser le statut du continent pour en prendre la pleine et juste mesure. Il donne à voir les enjeux panafricains, des dynamiques insoupçonnées, des succès méconnus. Il permet de voir l'Afrique dans la mondialisation. Et de renouveler, espérons-le, la relation de développement, devenue échange d'expériences de développement en tous sens, Sud-Nord, autant que Nord-Sud et Sud-Sud – car le développement est aussi une question de représentations, de la carte terrestre à la carte mentale.

24. Voir Felwine Sarr et Bénédicte Savoy, « Rapport sur la restitution du patrimoine culturel africain. Vers une nouvelle éthique relationnelle », novembre 2018.

CHAPITRE VIII

Pour un gouvernement des migrations

La question migratoire constitue sûrement la fracture la plus visible, la plus actuelle, la plus grave aussi puisqu'il ne s'agit pas ici d'inégalités dans la répartition des revenus et des émissions de CO_2 mais du sort, immédiat, de femmes, d'hommes et d'enfants. Elle est aussi certainement la plus mal pensée et la plus passionnelle. Des thèses trop simples se sont imposées dans le débat public, celle d'un mouvement inexorable des « hautes pressions démographiques » vers les zones de « basses pressions », celle d'un « suicide démographique de l'Europe », celle d'un l'« appel d'air » et d'un « trop-plein » venant d'Afrique subsaharienne qui déborderait déjà sur le Vieux Continent, menacé d'un « grand remplacement ». Des projections démographiques alarmantes ont effrayé les opinions européennes, malgré les très grandes incertitudes qui existent sur la corrélation entre croissance démographique et flux migratoires à de si vastes échelles temporelles et spatiales. Et personne ne peut être insensible aux dizaines de milliers de morts noyés en Méditerranée depuis le début de ce siècle, aux migrants prisonniers en Libye et à ce que nous apprenons des réseaux criminels inhumains qui les exploitent.

Avec, à nouveau, comme pour la mondialisation économique ou le changement climatique, une impression d'inéluctable, comme si, face à des mouvements croissants et irrésistibles, tout le monde avait baissé les bras faute de moyens d'action et de protection efficaces. Sans oublier, plus profondément encore, ces questions éthique et politique qui nous taraudent : que faire face à l'injustice de la naissance, aux inégalités de destin, et comment répondre aux aspirations légitimes à la mobilité ? Nés quelque part, nous ne sommes déjà plus égaux à l'instant même de notre avènement. Comment refuser à quiconque l'espoir de s'élever ?

Si l'on est convaincus que la réconciliation est possible et nécessaire, elle trouve ici un cas d'application extrême, par sa sensibilité et sa complexité. Essayons d'y voir plus clair, en suivant notre « méthode des 4 E », en écoutant, en étudiant puis en nous engageant, plus résolument encore qu'aujourd'hui.

Écouter

Commençons par écouter, avec respect, ceux qui partent. Pour comprendre que les aspirations à la mobilité, personnelle et professionnelle, tout comme le droit de procréer et de définir la taille de sa famille sont universels et qu'il est très difficile d'admettre leur remise en cause par des autorités extérieures, ici comme là-bas. Pour comprendre aussi que des communautés très diverses se font face, dont les valeurs, les traditions et les usages diffèrent considérablement, surtout sur des sujets aussi intimes que la naissance, la famille ou les réseaux de solidarité, sujets souvent difficiles à aborder de front. Et cherchons aussi à comprendre les logiques démographiques, économiques et sociales qui conduisent les couples à souhaiter un très grand nombre d'enfants. Pourquoi des femmes et des hommes pensent-ils mieux réussir leur existence et assurer leurs vieux jours en ayant sept, huit ou neuf enfants ? Pourquoi, selon une enquête de l'OCDE, 50 % des Nigérians, mais aussi 27 % des Sénégalais et des Ivoiriens et près de 20 % des Maliens, souhaitent quitter leur pays ? Pourquoi ne se projettent-ils pas dans un futur au sein de leur propre État et ne croient-ils pas en son avenir ? L'histoire l'a montré en France, au XIXe siècle : c'est lorsque l'on commence à croire au progrès, à la possibilité d'améliorer son niveau de vie et d'éduquer ses enfants, que démarre la transition démographique, par une réduction progressive de la natalité.

Il faut aussi écouter les migrants et leurs histoires, toutes singulières. Nous devons d'abord asile aux réfugiés, ceux qui fuient la persécution et que l'article 14 de la Déclaration universelle des droits de l'homme et la Convention de Genève de 1951 protège. Mais écoutons aussi les autres migrants, économiques, politiques, climatiques, réguliers et irréguliers, pour chercher à comprendre les déterminants de leurs départs, parfois au péril de leur vie. Et reconnaissons qu'une approche par catégories, pour nécessaire qu'elle soit au plan juridique, restera toujours insuffisante à saisir la réalité des parcours individuels dans leur infinie diversité. Qu'en est-il notamment des réfugiés climatiques ? Une réflexion sur ce sujet est en cours aux Nations unies, dont les avancées sont encore minimes, depuis qu'en 2015 l'initiative Nansen, lancée par la Suisse et la Norvège, a été adoptée par cent neuf États, visant à élaborer un cadre international sur la question des réfugiés climatiques. Qu'en est-il des migrants dont les parcours multiplient les étapes et les situations juridiques, conduisant souvent à un écheveau inextricable de droit et de non-droit ?

La migration est souvent l'aboutissement de décisions individuelles complexes et de causes multiples et interdépendantes : crises sécuritaires, enjeux de gouvernance locale ou nationale, accès au marché du travail ou niveau de revenu dans la région de départ, aspirations familiales, orientation sexuelle, religion, etc. Et souvent aussi le fruit de très longues histoires au cours desquelles des diasporas ont tissé leurs réseaux entre pays d'origine et pays de destination. La démographie n'est qu'un des déterminants, parmi tant d'autres, des migrations.

Il reste sans doute encore à construire un continuum de droits et de devoirs et des catégories nouvelles à élaborer. C'est l'objet du Pacte mondial pour des migrations sûres, ordonnées et régulières, approuvé à Marrakech et adopté le 19 décembre 2018 par l'Assemblée générale des Nations unies. Ce texte non contraignant constitue le premier effort multilatéral pour embrasser la question des migrations de façon globale, au-delà des seuls réfugiés, affichant 23 objectifs dont la lutte contre les problèmes structurels qui poussent les migrants au départ, en lien avec l'Agenda 2030 des ODD, la facilitation du retour, de la réadmission et de la réintégration des migrants dans leur pays de départ, le rejet contre toutes les formes de discrimination, le renforcement de la coopération internationale et la volonté de s'attaquer aux trafics et à la traite de migrants.

Écoutons enfin, bien sûr, ceux qui accueillent et aussi ceux qui refusent de le faire. Il faut comprendre la volonté des peuples de contrôler leur destin. Il est légitime qu'un peuple, à l'issue d'un débat démocratique, exprime son choix de maîtriser son peuplement de façon souveraine et revendique le droit de composer son corps politique ou social suivant ses propres équilibres. La dénonciation, souvent véhémente, de notre manque de générosité, souvent avéré, n'est sans doute pas la meilleure façon de progresser pour prendre la claire mesure du phénomène, se rappeler notre propre histoire et surmonter nos peurs et nos contradictions.

Si le calme revenait, nous pourrions nous rappeler que la liberté de circulation des personnes, comme celle des biens, des services et des capitaux, est inscrite au fronton de l'Union européenne, au sein de laquelle chaque Européen possède depuis 1995 un passeport Schengen pour voyager librement. Nous pourrions alors sans doute accepter que les femmes et les hommes de toutes origines puissent avoir des choix, celui de rester chez eux comme celui de partir. Et nous pourrions alors travailler à gouverner et organiser ces situations réelles avec des gouvernements partenaires, sans imposer aux autres une fixité que nous n'accepterions pas pour nous-mêmes.

Nous pourrions aussi nous rappeler notre propre histoire migratoire, celle de la France en particulier où dès la seconde moitié du XIXe siècle une immigration de masse vint combler les pénuries de main-d'œuvre, d'abord frontalière allemande et belge, puis au début du siècle italienne, polonaise, avant que ne commence, au lendemain de la Seconde Guerre mondiale, une immigration espagnole, portugaise, yougoslave, turque, tunisienne, marocaine, enfin originaire des pays subsahariens. L'immigration algérienne est plus ancienne encore puisqu'elle débuta dès la fin du XIXe siècle. Aujourd'hui, selon l'INSEE, près de 14 millions de nos compatriotes sont immigrés et descendants directs d'au moins un immigré, soit plus de 20 % de la population. Parmi eux, 8 millions (12 %) ont au moins un parent non européen, dont 4 millions un parent maghrébin et près de 2 millions un parent originaire d'Afrique subsaharienne, situation unique en Europe.

Ce passé de migrations extérieures fait aussi largement écho à notre histoire de migrations intérieures, à mesure que l'exode rural a poussé les paysans de nos campagnes vers Paris et les autres métropoles. Ma famille a quitté dans les années 1930 sa Corrèze natale, territoire longtemps tenu à distance des forces politiques, économiques et culturelles du pays et spécialisé dans une économie d'élevage puis d'industrie du bois peu rémunératrices. Souvenons-nous d'où nous venons, nous et nos familles, pour mieux comprendre et accompagner les dynamiques territoriale, individuelle et collective, qui régissent les migrations. N'y a-t-il pas bien des points communs entre un migrant malien à Saint-Denis et sa famille à Kayes, une famille comorienne vivant entre Marseille et à Anjouan et ma propre famille, quelques décennies auparavant, condamnée au départ vers la capitale et ayant gardé très longtemps des liens indéfectibles avec son petit pays et la communauté à Paris de parents et d'amis qui en étaient originaires ? La Corrèze et le Zambèze, décidément.

Étudier

Après le temps du respect, de l'écoute réciproque et de l'empathie, il est essentiel s'agissant des migrations de convoquer savants et experts et de prendre avec eux le temps de l'analyse et de la pédagogie. On connaît trop peu les migrants : assez bien les demandeurs d'asile, mais très mal les migrants économiques et encore moins les migrants climatiques et tous ceux que des routes complexes, faites d'étapes multiples, ne permettent de classer dans aucun cadre juridique existant.

Les données disponibles nous enseignent toutefois que parmi les 258 millions de migrants internationaux, soit 3,4 % de la population mondiale, près de la moitié résident aujourd'hui dans les pays en développement ou émergents. 85 % des personnes réfugiées sont accueillies dans des pays en développement ou émergents (Turquie, Pakistan, Ouganda, Liban, Iran, Bangladesh, Soudan). En Afrique, 53 % des migrations internationales sont régionales.

À l'échelle mondiale, ce ne sont pas les habitants des pays les plus pauvres qui migrent le plus, mais ceux des pays à revenu intermédiaire, notamment le Mexique, la Turquie, le Maghreb, les Balkans ou les pays d'Asie centrale[25]. Ils proviennent en majorité de pays déjà très engagés dans la baisse de la fécondité. Et les hommes ne sont pas les seuls à migrer : 47 % des migrants internationaux sont des femmes et une migration de femmes actives se développe, bien au-delà désormais du cadre du regroupement familial. Il en va de même pour les migrations internes : ce sont les individus qui ont un revenu moyen qui migrent le plus. Au sud du Sahara, on manque des ressources nécessaires pour migrer en masse. La démographie et l'extrême pauvreté ne sont pas les principaux déterminants des migrations internationales.

La pauvreté limite aussi le choix des lieux où les personnes peuvent migrer. De manière assez logique, les migrants tendent à privilégier, au moins dans un premier temps, les pays limitrophes plutôt que les géographies éloignées, et les pays culturellement proches, notamment au niveau linguistique. La présence de réseaux, d'une diaspora structurée ou d'un historique migratoire influence fortement le choix des migrants. Si les populations des pays pauvres ne migrent pas plus, c'est aussi parce qu'ils ne bénéficient pas des mêmes réseaux migratoires structurés que d'autres pays à revenu

25. Près des deux tiers des migrants internationaux sont originaires de pays à revenu intermédiaire, contre 10 % de pays à faible revenu (UN-DESA).

plus élevé, comme la Chine. Les habitants des pays pauvres sont aussi en moyenne moins éduqués, alors que les migrants ont un niveau d'éducation souvent élevé, supérieur au niveau moyen de leur pays d'origine, et que ce sont les plus qualifiés qui migrent le plus et le plus loin.

Pour toutes ces raisons, le taux d'émigration des habitants de l'Afrique subsaharienne (2,5 %) reste le plus faible du monde, nettement inférieur à celui de l'Amérique latine (9,2 %) ou du Sud-Est asiatique (3,2 %). Quatre migrants internationaux sur cinq résidant en Afrique de l'Est, centrale et de l'Ouest sont originaires de cette région. En Afrique, les premières destinations des migrants internationaux sont aujourd'hui l'Afrique du Sud et la Côte d'Ivoire, puis l'Ouganda, le Nigeria et l'Éthiopie, et les principaux centres de migration sont Abidjan, Johannesburg et Nairobi. Le pôle le plus attractif du continent est aujourd'hui l'Afrique australe, ainsi que l'Afrique de l'Ouest, bien plus que l'Afrique du Nord, les autres sous-régions arrivant ensuite. Vous avez peut-être rencontré comme moi des chauffeurs de taxi sénégalais ou guinéens à Johannesburg ou à Harare. Il existerait ainsi en Afrique du Sud un million de clandestins, auxquels s'ajoutent les migrants légaux. Ce sont ces pays qui subissent d'abord la pression migratoire, plus forte et plus lourde que celle qui s'exerce sur les États européens.

Au total, seuls 11 % des migrants résidant dans les pays de l'OCDE en 2015-2016 provenaient d'Afrique, continent qui reste donc loin derrière l'Europe, l'Amérique latine et surtout l'Asie dans les migrations vers les pays développés. L'OCDE indique également qu'avec 30 % la France reste le principal pays de destination de la diaspora africaine, mais que sa part s'est considérablement réduite, comme celles du Royaume-Uni et du Portugal, en raison d'un rééquilibrage en direction des

États-Unis, de l'Italie, de l'Espagne, du Canada, de la Belgique et de l'Allemagne. Les pays d'Afrique du Nord, en particulier le Maroc, représentent la moitié des migrants africains et si le Nigeria voit son poids augmenter rapidement, il reste très minoritaire avec 6 % seulement des migrants en 2015-2016. Les migrants africains vers les pays de l'OCDE sont, par ailleurs, de plus en plus souvent des femmes (48 %) et sont de plus en plus diplômés.

Enfin, au-delà des flux réels actuels, qu'il semble possible de maîtriser, la volonté de migrer est très forte. Le film des migrations à venir est sans doute plus préoccupant que la photographie d'un instant et suppose de trouver des solutions. Le doublement de la population africaine d'ici à 2050 conduira inéluctablement à une hausse des flux migratoires, toutes destinations confondues, même si celle-ci n'empruntera pas nécessairement les voies catastrophiques qui nous sont souvent annoncées, en fonction notamment des opportunités qu'offrira l'Afrique elle-même à ses peuples. Contrairement aux prévisions de 150 millions d'Africains s'embarquant pour l'Europe d'ici à 2050, les travaux du FMI prévoient qu'à cette date seuls 34 millions de migrants originaires d'Afrique subsaharienne seront installés dans l'ensemble des pays de l'OCDE. Selon les mêmes études, le solde migratoire net de l'Europe entre 2015 et 2050 pourrait même n'être que de 32 millions de migrants, toutes nationalités extra-européennes confondues. Le scénario d'une « ruée » migratoire de l'Afrique subsaharienne vers l'Europe doit sans doute être relativisé, surtout si l'on définit dès à présent les politiques publiques adaptées et si l'on mobilise les moyens pour les mettre en œuvre.

Les impacts économiques positifs des migrations ne doivent pas non plus être mésestimés, pour les pays d'accueil comme pour les pays d'origine, qu'il s'agisse de la croissance du PIB, des transferts des migrants, de l'innovation ou de la productivité du travail.

S'agissant des pays d'accueil, l'arrivée massive de réfugiés ou de migrants économiques peut être un choc déstabilisateur si elle n'est pas gouvernée. Ses effets immédiats peuvent être une pression à la baisse sur les salaires, particulièrement sur les emplois les moins qualifiés, et un accroissement du secteur informel. Les études montrent toutefois que rapidement les migrations représentent un gain macroéconomique net, en raison de leur contribution positive au financement des systèmes sociaux et sur la croissance à long terme, du fait de l'amélioration du capital humain et du rajeunissement de la pyramide des âges. Cet enjeu est particulièrement structurant en Europe puisque, selon l'ONU, l'Union européenne devrait accueillir près de 50 millions d'immigrés à l'horizon 2050, soit 1 million par an, pour simplement stabiliser le nombre de ses habitants et 80 millions, soit 1,6 million par an, pour stabiliser la population active (18-64 ans). On a mesuré que, dans les économies avancées, une augmentation de la part des migrants de 1 % dans la population adulte peut augmenter le PIB par habitant de 2 % sur le long terme, principalement par la hausse de la productivité du travail[26]. Les immigrés sont aussi des producteurs et des consommateurs, des contribuables et des cotisants.

Souvenons-nous aussi qu'à chacun des trois grands cycles d'immigration qu'a connus la France a correspondu un moment de fort développement économique : sous le Second Empire, pendant les années 1920, puis dans les années 1960-1975. Chacun

26. Florence Jaumotte, Ksenia Koloskova, et Sweta C. Saxena, Spillover taskforce/FMI, « Impact of migrations on Income Levels in Advanced Economies », *Spillover Notes*, n° 8, octobre 2016, révision décembre 2016.

de ces cycles a été suivi d'une phase de stabilisation ou de recul des migrations, au moment des crises économiques des années 1880, 1930 et 1980. Ces ressorts macroéconomiques fonctionnent certainement encore. Si elles sont acceptées, les migrations peuvent apporter une contribution positive au problème du vieillissement de la population, préserver les équilibres entre actifs et inactifs et contribuer à ouvrir de nouveaux marchés pour nos entreprises, souvent appuyés sur des emplois en France.

L'impact est également positif pour le pays de départ. Les populations restées dans le pays d'origine bénéficient très directement de la migration de leurs proches. Les chercheurs s'accordent pour repérer un effet positif sur le revenu et la consommation des ménages restés dans le pays d'origine, ainsi que plus généralement sur la réduction de la pauvreté. S'y ajoutent les effets positifs des diasporas. Le premier effet tient à l'accroissement des échanges entre le pays d'accueil et le pays de départ, du fait de la multiplication des échanges d'informations entre les populations migrantes et celles restées dans le pays qui poussent les migrants à importer plus de biens en provenance de leur pays d'origine. Les diasporas tendent également à augmenter les flux financiers et tout particulièrement à accroître le montant des investissements directs étrangers, dans la mesure où les investisseurs sont mieux informés de la situation économique des deux pays. L'effet positif est enfin politique et culturel. Des liens ont été repérés entre les migrations à destination de pays démocratiques et la vigueur des revendications prodémocratiques dans le pays de départ. On constate également que les familles ayant des proches partis dans les pays à faible taux de fécondité tendent à voir le nombre d'enfant par femme baisser plus rapidement que celles dont aucun membre n'a émigré. Les migrations contribuent donc à réduire les écarts de développement entre les pays, diminuent les inégalités entre revenus et entre âges et réduisent la pression entre des zones hétérogènes. Pour peu évidemment qu'on sache les gouverner et les mettre au service du développement.

S'engager ensemble

Après avoir écouté et étudié, il faut s'engager et contribuer à trouver des solutions concrètes. Cet engagement n'est pas aisé pour les acteurs de la politique de développement. Il a été longtemps freiné dans le passé par la volonté de conditionner très strictement les soutiens financiers de la France et de l'Europe à la réadmission des migrants dans leur pays d'origine. C'était le principe, naguère, de la politique dite de « codéveloppement », qui s'est heurtée à l'opposition, ouverte ou implicite, des gouvernements africains concernés. Cette politique a également braqué les institutions de développement, convaincues que cette réponse trop simple et mécanique n'aurait pas d'effet réel à moyen et long termes. Alors comment reprendre ce sujet et avancer ?

Commençons par dépasser un débat stérile. On entend de plus en plus souvent l'idée selon laquelle favoriser le développement de l'Afrique et y faire émerger des classes moyennes encouragerait les migrations, puisque les Africains pourraient plus aisément atteindre les niveaux de revenus permettant de financer leurs départs. Comme si la solution à la question migratoire était *a contrario* le maintien dans la misère d'un continent tout entier !

Je défends au contraire l'idée que la politique de développement est le meilleur des investissements pour gouverner les migrations dans la durée. Il existe à l'évidence un lien de causalité entre développement et migrations, selon une courbe en U inversé, comme disent les spécialistes, qui correspond à la phase dans le développement d'une société où les femmes et les hommes disposent de plus de choix, y compris la possibilité de partir, conduisant à une hausse des départs avant que les choix ne s'inversent. Cela ne signifie pas pour autant qu'il faille cesser tout soutien à ces pays, au contraire.

Il faut en revanche choisir avec les autorités du pays les programmes et projets qui contribuent le plus efficacement et rapidement possible à offrir espoir et opportunités à leurs populations. Ainsi, une politique éducative adaptée qui permet aux diplômés de trouver un emploi sur le marché du travail local au moment où ils achèveront leur formation aura un effet de limitation et non d'encouragement des départs. En Afrique, l'offre de travail qualifié crée et solvabilise très souvent sa propre demande. Nul doute que les techniciens en informatique ou en énergies renouvelables, les spécialistes de l'eau ou les commerciaux trouveront très rapidement un emploi à Bamako ou à Nairobi. Les programmes financés par l'AFD et ses pairs, en appui aux politiques publiques dans les domaines de la santé, de la protection sociale, de l'éducation, de la formation professionnelle, de l'emploi, du développement rural et urbain, de l'agriculture, de l'eau ou encore de l'assainissement, contribuent à agir sur les causes profondes des migrations contraintes. De même, les infrastructures permettant de désenclaver et de développer les villes secondaires et leurs bassins d'emploi sont particulièrement utiles pour promouvoir un développement rural pourvoyeur d'emplois et de revenus et permettre un meilleur accès à l'emploi pour les jeunes. À titre d'exemple, quand l'AFD finance un projet d'appui au développement d'activités rurales et de financement de filières agricoles dans les régions d'Agadez et de Tahoua au Niger pour un montant de 67 millions d'euros, ce projet contribue à offrir une alternative au départ des populations rurales actives de 16 communes de ces 2 régions nigériennes, soit 810 000 personnes.

Outre la réorientation de programmes de développement existants pour y intégrer, à la demande des pays concernés, les préoccupations migratoires et une attention plus forte aux attentes de la jeunesse, des actions plus directes sur les dynamiques de peuplement et les mobilités sont également envisageables. C'est ainsi que le Nigeria et l'Éthiopie nous ont sollicités pour des programmes visant à sécuriser l'identité numérique des 200 millions de citoyens nigérians, que l'AFD finance avec la Banque mondiale, ou bientôt pour les 110 millions d'habitants de l'Éthiopie. Les interventions en matière de consolidation des chaînes pénales et de renforcement des douanes dans les pays volontaires permettent également d'accompagner utilement les pays volontaires dans la lutte contre les passeurs et les migrations irrégulières. Le groupe AFD, *via* sa filiale d'expertise, pourrait par exemple organiser la formation et l'équipement des juges, policiers, gendarmes des pays avec lesquels un accord politique avec la France existerait dans ce domaine[27]. Plus largement, les agences de développement pourraient travailler à améliorer les conditions de la migration, pour assurer la sécurité des migrants et leur permettre d'être mieux préparés, avec une formation, dans une perspective professionnelle construite, en cherchant à réduire les migrations contraintes, irrégulières et non sécurisées, vouées, partant, à faire face à de graves difficultés. L'impartialité et l'efficacité des administrations publiques sont ici des variables essentielles puisque, comme l'a montré une étude du Club du

27. Les opérateurs CIVIPOL et Justice Coopération internationale pouvant être en la matière des partenaires privilégiés.

Sahel sur les demandeurs d'asile nigérians[28], c'est un manque profond de confiance dans la gouvernance de leur pays, en particulier en termes de sécurité quotidienne, qui explique les départs, bien avant les déterminants économiques.

Au-delà des projets, nous pourrions aussi travailler avec les pays à définir et rendre plus efficaces leurs politiques migratoires, qu'il s'agisse de la gestion des étrangers sur leur territoire national (asile, migration de travail, accès au droit, intégration), comme nous l'envisageons au Cameroun et au Nigeria, ou de l'administration de leurs nationaux à l'étranger (lien avec les diasporas, transferts de fonds), comme nous y travaillons au Sénégal et au Mali. Un travail spécifique doit être conduit sur ce sujet avec les organisations sous-régionales, espaces d'intégration économiques seuls à même de raisonner et d'agir à l'échelle d'un grand bassin de population et de prendre en compte les besoins spécifiques des territoires transfrontaliers, particulièrement impactés par les déplacements de populations. Pour progresser, il faudra aussi aller au-delà de financements en subvention et mobiliser des prêts de politiques publiques ou des mixtes d'instruments pour un accompagnement plus massif des politiques migratoires. C'est l'orientation qu'ont notamment pris la Banque mondiale et la Banque interaméricaine de développement en réponse à la crise migratoire vénézuélienne.

Une priorité doit également être donnée à la stabilisation et au renforcement des pays de transit, qui n'ont pas tous, à la différence par exemple de la Turquie, une capacité durable à tenir leurs frontières, à accueillir les migrants et à lutter contre les trafiquants et les passeurs. Le nord-est du Niger, le nord

28. Club du Sahel, « Identifying the Factors Driving West African Migration », *West African Papers*, n° 17, OECD, 2018.

du Mali et du Tchad, les frontières de la Jordanie et du Liban méritent des efforts significatifs. Les politiques d'accueil de réfugiés ou de maîtrise des flux irréguliers dans les pays de transit sont en effet les plus susceptibles d'avoir un impact important à court terme sur les flux migratoires vers l'Europe. Ces politiques n'ont souvent que peu d'intérêt politique direct pour les pays en question qui n'acceptent de les mettre en place que dans le cadre d'un accord politique et financier plus global avec leurs partenaires, européens en particulier, accord produisant des gains suffisants en matière de développement pour l'ensemble du pays ou *a minima* pour les régions considérées. De telles interventions ont notamment été financées au Niger en 2016 par l'Allemagne et la France pour encourager ce partenaire volontariste et compenser la perte d'activité économique dans la région d'Agadez après les arrestations de nombreux passeurs. Cette politique a porté des fruits puisque les efforts entrepris depuis le Sommet de la Valette entre l'Union européenne et l'Union africaine des 11 et 12 novembre 2015 ont permis, depuis le pic de juin 2017, une diminution nette des flux de migrants traversant la Méditerranée centrale. Les flux de transit recensés par l'OIM sur les routes terrestres africaines ont baissé, de même que ceux mesurés à l'arrivée par le ministère italien de l'Intérieur. Pour y contribuer, l'Union européenne avait mis sur la table un Fonds fiduciaire d'urgence (FFU), visant à agir rapidement sur les causes de l'instabilité, des migrations irrégulières et des déplacements forcés, doté de plus de 4 milliards d'euros pour 182 programmes approuvés pour l'Afrique du Nord, le Sahel, la région du lac Tchad, et la Corne de l'Afrique.

Pour mieux comprendre la géographie des migrations, soyons également précis dans notre vocabulaire. On parle encore trop simplement de « pays d'origine », de « pays de transit » et de « pays de destination », comme si le trajet des migrants était toujours tracé d'avance. Or, si certains pays n'accueillent les migrants que de façon temporaire, beaucoup de pays qualifiés « de transit » n'en sont pas, et sont au contraire des « pays de choix » ou de première destination. C'est le cas des pays de la côte d'Afrique de l'Ouest pour 90 % des migrants sahéliens, ou de l'Afrique australe pour beaucoup de migrants africains. Plutôt que d'emprunter la route du Nord, dangereuse et incertaine, nombre de migrants africains se dirigent vers des villes et des régions plus riches, vers des marchés du travail plus dynamiques où des liens, souvent familiaux, les appellent. Les crises de la migration africaine sont aussi dues aux problèmes parfois aigus connus par les pays d'accueil. La Côte d'Ivoire, à titre d'exemple, dans les années 1990 et 2000 n'a plus joué son rôle d'accueil comme elle l'avait fait préalablement. Cassons la vision binaire – départ du Sud, arrivée au Nord – qui réduit des voyages très complexes à un trop simple face-à-face. La réalité de la migration montre qu'il existe toujours des étapes, et notamment que des pays africains attirent des Africains, puisqu'à l'échelle mondiale les migrations sont d'abord des migrations de proximité.

Il faut donc construire un continuum d'instruments dans les différents espaces des mobilités. Dans les pays d'origine, il s'agit de renforcer notre cœur de métier traditionnel – les infrastructures, la santé, l'éducation, l'agro-écologie. Dans les pays de premier accueil, des instruments plus dynamiques peuvent être employés en matière de formation professionnelle, d'intégration sur le marché du travail, en particulier des jeunes. L'AFD travaille aussi à l'assainissement des banlieues urbaines en pleine expansion, où les migrants viennent s'installer. Les projets de développement peuvent également permettre une meilleure intégration dans la communauté d'accueil, là où d'autres instruments financiers, domestiques, permettent également une prise en charge.

Le cas de la Libye demande une attention particulière. Terre d'accueil, plus de deux millions d'immigrés y vivaient avant les troubles et encore 750 000 en mars 2018. On dit qu'une part significative des migrants qui se dirigent encore vers la Libye aurait pour destination finale le pays lui-même, et non pas l'Italie, du fait de l'image de prospérité que la Jamahiriya arabe de Kadhafi a projeté pendant des décennies dans toute l'Afrique. Tchadiens et Nigériens, les plus nombreux, resteraient en Libye. Mais le pays, désormais failli, est aussi devenu un pays de transit, choisi par les Érythréens, très nombreux dans les arrivées en Italie, ou par des Bangladais, établis en Libye mais dont les conditions de vie se sont dégradées au point de les pousser à prendre la mer vers l'Europe. Le relèvement de la Libye – rétablissement de l'ordre et développement économique et social – est un enjeu stratégique pour maîtriser la migration africaine irrégulière vers l'Europe.

Une réponse globale à la question des migrations et de la mobilité suppose enfin d'aborder le sujet de la démographie, qui, longtemps occulté dans les agences d'aide, n'est plus un tabou. Aujourd'hui, une demande explicite du Sud émerge progressivement sur ces sujets, dans un dialogue avec les agences internationales et européennes. Les professionnels du développement doivent en tenir compte et s'engager plus fortement. La décélération de la fécondité dans les pays où la transition est lente ou encore insignifiante implique d'agir dans les domaines des droits et de la santé sexuelle et reproductive, de l'éducation sexuelle, de l'autonomisation des femmes, des systèmes de protection sociale (transferts monétaires conditionnels ou non conditionnels), de renforcement du plaidoyer politique et auprès de la société civile locale. L'allongement des études des filles, en particulier leur passage dans l'enseignement secondaire, est crucial : en Iran, l'accès massif des jeunes femmes à l'université après la révolution de 1979 a été suivi, dès la seconde moitié des années 1980, par un véritable effondrement du taux final de fécondité.

Beaucoup d'éléments de cette réponse globale au défi des mobilités sont déjà en place. Mais il manque encore une analyse précise et partagée au plan international des effets des politiques de développement sur les migrations et un cadre d'interventions coordonnées entre les différentes institutions de développement. Cette stratégie internationale à l'appui d'un gouvernement collectif des migrations devrait concevoir une succession d'interventions, le long des routes identifiées, fondées sur une analyse approfondie des aspirations des migrants. Cette stratégie supposerait également d'inventer des outils spécifiquement dédiés aux politiques migratoires, sous la forme par exemple de prêts de politique publique orientés vers le soutien des pays qui disposent d'une politique migratoire crédible et efficace, comme c'est le cas du Maroc notamment, considéré comme pays pionnier en Afrique sur ce sujet.

Sans oublier de porter une attention renforcée aux diasporas. Valoriser les réussites en Europe, mais aussi des projets volontaires et volontaristes d'investissement ou de retour dans le pays d'origine, est un élément essentiel de dialogue avec les pays d'origine. La France a cette particularité de pouvoir s'appuyer sur une diaspora nombreuse, structurée et active. Mais les transferts des migrants sont davantage orientés vers la consommation, résultant souvent d'un devoir du migrant envers la famille qui a financé le voyage que vers les investissements productifs. Alors que ces « transferts d'argent » ont explosé ces dernières années pour culminer aujourd'hui à près de 450 milliards de dollars au niveau mondial, soit le triple désormais du montant total de l'aide au développement, cette richesse créée dans le pays d'accueil pourrait être mise au service du pays d'origine, en lien avec des programmes de développement. Il est possible de rendre ce marché plus transparent, par des comparateurs de prix, et il faut innover pour inventer des produits d'épargne pour orienter ces ressources vers l'investissement. C'est un des thèmes sur lesquels nous travaillons avec les Caisses des dépôts française, italienne et africaine, de façon à créer des ponts entre les livrets d'épargne des migrants, le plus souvent logés auprès d'une Caisse des dépôts en Europe, et les institutions financières des pays du Sud.

La gestion des migrations ne peut être uniquement répressive et à court terme. Comme pour les enjeux de sécurité, il est essentiel de mobiliser fortement les institutions de développement, de façon à introduire des éléments positifs, structurels, de moyen et long termes. Et réussir à démontrer par des exemples concrets qu'il existe des solutions et qu'une politique concertée est préférable à des solutions de court terme. C'est ainsi que nous arriverons à poser les bases d'un dialogue politique, entre régions, entre gouvernements, entre responsables politiques des différentes communautés. Et à définir entre Européens et Africains des objectifs partagés et de long terme, qui supposent que l'Europe pense pour demain et après-demain les besoins de son marché du travail et qu'elle envisage inversement l'installation d'un plus grand nombre de ses retraités en Afrique. La réconciliation émergera de la mise en commun de nos projets collectifs, pour faire passer le phénomène migratoire d'un fait aujourd'hui totalement anxiogène et subi à un facteur de prospérité et de réduction des inégalités, liant les deux continents.

CHAPITRE IX

L'équation chinoise

Lors d'une récente mission en Afrique de l'Est, j'ai constaté la percée rapide de la présence chinoise. La rénovation financée par la Chine du chemin de fer Addis-Abeba-Djibouti a permis à l'Éthiopie de gagner un accès facilité à la mer, comme la construction par des compagnies chinoises d'une nouvelle ligne ferroviaire Nairobi-Mombasa a ouvert de nouvelles opportunités au Kenya. Les financements chinois concernent également les ports du Sri Lanka (Colombo et Hambantota), du Pakistan (Gwadar) – sans parler de l'Europe, avec le port du Pirée en Grèce. La base militaire chinoise de Djibouti comptera bientôt 10 000 hommes. Autant de signes tangibles et spectaculaires du rôle croissant de la Chine dans le monde en développement.

Hier chef de file des pays décolonisés et non alignés à Bandoeng, la Chine investit aujourd'hui massivement, par des financements publics et par l'action tous azimuts de ses entreprises publiques et privées. Et le continent africain a constitué l'espace de prédilection de l'expansion chinoise depuis le début des années 2000. Devenue le principal créancier du Kenya, la Chine y a acquis un poids colossal, avec 2 500 entreprises présentes et plusieurs centaines de milliers de ressortissants.

Au déploiement financier et commercial chinois s'est ajoutée depuis 2013 une vision stratégique globale, puissante et confiante, celle de la *Belt and Road Initiative*, les nouvelles routes de la Soie, un cadre nouveau créé pour développer les infrastructures de connectivité à travers un réseau de routes terrestres et maritimes, allant de l'Asie à l'Afrique et à l'Europe et même au-delà pour s'étendre jusqu'en Amérique latine, dès lors qu'un lien peut être établi avec les intérêts de l'Asie. La Chine s'est engagée à financer dans ce cadre des projets d'infrastructures pour un montant de 1 000 milliards de dollars d'ici à 2030 dans plus de soixante pays.

Cette émergence chinoise coïncide avec l'attachement persistant et sourcilleux des autorités chinoises à leur statut de pays en développement, au sens de l'OCDE, et aux fameuses « responsabilités communes mais différenciées » entre pays du Nord et du Sud. La Chine est donc aujourd'hui à la fois un bénéficiaire de l'aide internationale et l'un des principaux pourvoyeurs mondiaux de financement du développement, par un de ces renversements de situation, de puissance et de pouvoir, dont l'Histoire est coutumière.

Cette émergence bouscule les cadres et les équilibres institutionnels existants. Je crois même qu'elle constitue une question existentielle pour les politiques de développement, remises en cause par ailleurs par toutes les évolutions que nous avons évoquées dans les chapitres précédents. L'intervention chinoise, par son ampleur, repose la question de la viabilité du cadre macroéconomique de nombreux pays, exposés à un risque de réendettement dix ans à peine après l'effacement de la dette internationale. Elle remet aussi en question le jeu de normes sociales et environnementales patiemment élaboré depuis des décennies, au prix souvent d'un ralentissement des réalisations des institutions de développement, qui font désormais souvent pâle figure face à la vigueur et la rapidité des investissements chinois. Enfin, les financements chinois sont aujourd'hui uniquement accessibles aux entreprises chinoises, à la différence des contrats financés par les institutions internationales et par la plupart des agences de développement des pays développés. Avec le risque que le contribuable des pays du Nord, qui garantit ou bonifie ces produits financiers pour le développement, s'insurge contre ce manque de réciprocité. Pourquoi avoir désendetté les pays d'Afrique et continuer à leur accorder des dons et des prêts concessionnels si ce sont principalement les intérêts chinois qui en bénéficient, tout en contribuant à replonger ces mêmes pays dans des difficultés financières majeures ? Comment parler d'un monde en commun et espérer l'émergence d'une nouvelle gouvernance internationale enfin équilibrée, si nous n'acceptons pas tous un jeu de principes et de règles communs ?

Ces questions sont devenues centrales pour l'avenir et la réinvention de la politique de développement. Il est essentiel de résoudre cette équation chinoise, sauf à courir le risque d'un repli sur soi des pays les plus généreux et engagés dans l'action internationale.

D'autant que la Chine n'est ici, évidemment, pas seulement la Chine. Elle est la pointe avancée de la montée en puissance du monde émergent et de la coopération Sud-Sud, incarnée désormais par les sommets des BRICS et par plusieurs nouvelles institutions. Les financements bilatéraux turcs, coréens, sud-africains, ou brésiliens prennent une place croissante dans le financement du développement, sans qu'on puisse encore en recenser précisément le montant et les conditions. L'OCDE estimait en 2016 à 22 milliards de dollars les moyens mis au service de la coopération au développement par les pays émergents, soit plus de 15 % du total de l'aide au développement mondiale. La contribution de l'Arabie saoudite, des Émirats arabes unis, de la Turquie et de la Russie s'élevait alors respectivement à 6,8, 4,4, 3,9 et 1,2 milliards de dollars courants, à comparer à 30 pour les États-Unis, 20 pour le Royaume-Uni et l'Allemagne, 12 pour le Japon comme pour la France.

L'enjeu est aujourd'hui de savoir si et comment le déploiement financier chinois, et plus largement émergent, en Afrique, en Asie ou en Amérique latine, pourrait être porteur de développement, renforcer les capacités et les institutions des pays partenaires et contribuer à la lutte contre le changement climatique. Ou bien si, sous couvert de multilatéralisme et de non-ingérence, ce déploiement illustre principalement la volonté de la Chine et des autres puissances émergentes d'entrer en compétition – financière, technique et politique – avec leurs partenaires européens et nord-américains. La réalité est évidemment complexe mais sa perception est simple. L'émergence chinoise fait peur et appelle un profond renouvellement à Pékin comme à Washington, Bruxelles, Londres, Tokyo, Berlin et Paris.

Du club du Nord à l'émergence du Sud

Le monde du financement du développement a longtemps été un club du Nord, où les États-Unis et leurs alliés européens exprimaient leur solidarité et aussi leur volonté de conserver une influence privilégiée, tandis que les deux blocs, en guerre froide, se combattaient par procuration dans les pays du Sud. Ce mélange de compassion, de compensation des drames du passé et de domination avait pour objectif premier la lutte contre la pauvreté, pour assurer un minimum à chacun.

Cet équilibre a été profondément remis en cause après la chute du mur de Berlin puis au début du XXIe siècle sous l'effet de la richesse chinoise et de l'émergence de la coopération Sud-Sud, dans un contexte d'amplification des défis. Des pays qui jusqu'à une période récente bénéficiaient de l'APD sont devenus donateurs et se sont dotés de leurs propres institutions de développement bilatérales, en Europe de l'Est (Bulgarie, Roumanie, Lettonie, etc.) mais aussi en Asie (Malaisie, Thaïlande et surtout Chine). Sur fond de contestation croissante de la gouvernance des institutions internationales où la voix du Sud reste peu entendue, a même commencé à se structurer un système multilatéral alternatif au système de Bretton Woods, organisé par les BRICS autour de deux nouvelles banques de développement multilatérales : la New Development Bank (NDB) installée à Shanghai, banque des BRICS créée en 2014, et l'Asian Infrastructure Investment Bank (AIIB), fondée en 2016 et basée à Pékin, instrument multilatéral dont le principal actionnaire est la Chine. Ces institutions commencent à déployer leurs financements dans le monde entier.

Dans cette montée en puissance, tous les émergents ne sont pas engagés au même niveau. Les Brésiliens ont réduit depuis quelques années leur action internationale de développement pour se consacrer à leur propre transition. Les Russes ont perdu de leur superbe passée même si on note leur réengagement récent au Moyen-Orient et en Afrique. Les Indiens n'ont pas encore complètement déployé et organisé au plan institutionnel leur action internationale et le font principalement dans le domaine de la formation et *via* leur instrument d'appui au commerce extérieur. Les Chinois sont aujourd'hui les plus mobilisés, les plus constants, et disposent de la panoplie la plus complète d'instruments de financement international, s'appuyant sur l'engagement international de leur Exim Bank, de la China Development Bank (CDB), du China-Africa Development Fund (CADFund) et de la nouvelle Agence chinoise pour la coopération internationale au développement (CIDCA) créée au printemps 2018. Ce dynamisme des acteurs publics s'est accompagné de multiples initiatives du secteur privé, pas toujours nécessairement maîtrisées par le pouvoir central. De nombreuses entreprises sont venues prospecter et investir dans les pays en développement pour y prendre des marchés.

Cette entrée rapide et massive des acteurs publics et privés émergents est un fait et vient bousculer le monde traditionnel du développement, centré autour d'acteurs publics peu nombreux, intervenant en dons ou en prêts très concessionnels, et focalisés sur la lutte contre la pauvreté. Après une phase de désordre et de concurrence, la question de la coopération entre acteurs traditionnels et émergents est aujourd'hui fortement posée. Autour de quel agenda ? Selon quelles règles ? Est-il possible de se réconcilier avec la Chine dans le domaine du financement du développement, au moment même où le contexte géopolitique se tend, notamment dans les domaines commerciaux et militaires ? Les Français semblent en avoir pris leur parti, puisqu'ils sont désormais favorables à 75 %, selon un sondage, à l'idée d'un partenariat franco-chinois pour développer des projets de développement économique dans les pays du Sud.

Panorama de l'aide chinoise

À dire vrai, la présence chinoise n'est pas récente dans les pays en développement. C'est en avril 1955 à Bandoeng que remonte la véritable entrée de la république populaire de Chine, et plus globalement de ce qu'Alfred Sauvy appela en 1952 le tiers-monde, sur la scène internationale. Les principes de coexistence pacifique présents dans le traité sino-indien de 1954 sur le Tibet puis continûment rappelés par les dirigeants chinois donnaient déjà le ton : non-ingérence mutuelle dans les affaires intérieures, égalité et réciprocité des avantages. De Zhou Enlai déclarant en 1964 à Accra que ces principes étaient « non seulement valables pour nos deux pays, mais pour les autres pays d'Asie, aussi bien que pour tous les pays du monde », à Xi Jinping affirmant en 2014 qu'ils « reflètent les caractéristiques des nouvelles relations internationales et s'appliquent aux relations entre les États, quel que soit leur système social, leur niveau de développement ou leur taille », en passant par Zhao Ziyang qui abandonne le mot « aide » dès 1982 à Dar es-Salaam, il est manifeste que l'émergence chinoise repose sur un socle théorique ancien et stable.

Comme l'a montré Deborah Brautigam dans son excellent livre *The Dragon's Gift. The Real Story of China in Africa*[29], des coopérants chinois vivent en Afrique depuis les indépendances, il y a plus de cinquante ans, et même auparavant. Vingt pays africains avaient reconnu la Chine avant même son admission à l'ONU en 1971 ; quatre ans plus tard ils étaient quarante. Les formes de l'aide chinoise sont anciennes, avec cette capacité unique de transformer des actions de coopération

29. Deborah Brautigam, *The Dragon's Gift. The Real Story of China in Africa*, Oxford University Press, 2010.

ponctuelles en activités économiques pérennes qui caractérise l'aide chinoise des premières décennies. Et de lier, en s'appuyant sur l'expérience de développement chinoise, aide et investissements selon des formes innovantes, qui semblent anticiper les réflexions actuelles sur le *blended finance* et l'investissement de développement durable, évoqués dans les chapitres précédents.

L'explosion de la richesse chinoise au XXIe siècle change, bien sûr, radicalement la donne. Les échanges commerciaux entre la Chine et les pays africains, qui ont atteint 170 milliards de dollars en 2017, ont été multipliés par cinquante en deux décennies, tout comme les investissements directs, signes d'un basculement rapide des relations du politique vers l'économique et le commercial, avant que le lancement des nouvelles routes de la Soie en 2013 ne vienne rendre plus explicite encore le projet chinois.

La nouvelle politique africaine de la Chine s'est élaborée au cours des années 1990, dans un double contexte, intérieur et extérieur. Avec la fin de la guerre froide, l'Afrique perdait de son intérêt stratégique auprès de ses partenaires traditionnels entraînant le reflux de l'APD mondiale, d'une part. La croissance économique de la Chine et un appareil industriel arrivant à saturation de ses capacités domestiques nécessitaient, d'autre part, de multiplier les partenaires pour diversifier et sécuriser ses approvisionnements en matières premières et en énergie, tandis que la politique officielle du *going out* incitait les entreprises chinoises à investir à l'étranger pour trouver de nouveaux marchés.

La Chine est ainsi devenue le premier partenaire commercial de l'Afrique et l'un des principaux investisseurs, particulièrement en Afrique du Sud, au Soudan, au Nigeria, en Angola et en Zambie, pays pouvant lui assurer un accès privilégié aux ressources minières et pétrolières ou occupant une position géostratégique clé. La Chine a implanté en Afrique une dizaine de zones économiques spéciales, en Sierra Leone, au Nigeria, en Zambie et en Éthiopie notamment, intégrées dans des stratégies nationales de développement accompagnées par des acteurs chinois relevant de l'État, des gouvernements provinciaux aussi bien que du secteur privé.

Parallèlement aux flux commerciaux et d'investissement, le volume de l'aide chinoise au continent africain s'est nettement accru : entre 2000 et 2014, parmi les dix pays les plus aidés par la Chine, sept étaient africains. Au dernier sommet des chefs d'État et de gouvernement d'Afrique à Pékin (FOCAC[30]), en septembre 2018, le Président chinois a annoncé des fonds à hauteur de 60 milliards de dollars pour trois ans, dont la moitié, soit 30 milliards, serait sous forme de dons, de prêts à bas taux et « sans aucune conditionnalité ». Ces chiffres sont à comparer aux 15 milliards d'euros apportés par la France en Afrique pour la même période, même s'il n'existe à ce jour aucun chiffre officiel de l'effort de développement de la Chine.

Les données sont en effet très incertaines. L'OCDE estime que les « apports concessionnels bruts » chinois au titre de la coopération au développement à 3,6 milliards de dollars en 2016, ce qui placerait le pays au 13e rang mondial, entre la Norvège et la Suisse. Selon le JICA Research Institute en revanche, qui cherche à évaluer chaque année l'aide au développement chinoise, celle-ci se serait établie à 5,8 milliards de dollars en 2016, ce qui placerait la Chine au 6e rang mondial en volume. Ce volume resterait par ailleurs faible avec seulement 0,03 % du

30. Forum de coopération Chine-Afrique (*Forum on China-Africa Cooperation*).

revenu national brut de la Chine, contre une moyenne de 0,32 % pour les bailleurs du CAD de l'OCDE la même année[31]. D'autres travaux, notamment ceux d'AidData publiés en octobre 2017, proposent des estimations plus élevées pour l'aide chinoise, supérieure à 10 milliards de dollars par an, avec une évolution vers plus de prêts et des contributions multilatérales croissantes. D'autres estimations sont plus élevées encore, qui considèrent le financement du développement chinois, au-delà des seuls critères de l'aide publique au développement de l'OCDE, de l'ordre de 40 milliards de dollars par an[32].

Nul doute qu'un cadre de redevabilité commun, comme évoqué au chapitre V à propos de l'APD et de l'IDD, autour de notions communes serait extrêmement précieux pour mieux comprendre les formes de l'investissement chinois et nouer un dialogue sur les voies et moyens de l'orienter vers le développement durable. Les investisseurs et les entreprises chinois, appuyés par les banques publiques, sont en effet désormais très présents dans toute l'Asie, en Amérique latine et désormais en Europe. La Chine a fait son entrée récemment en Amérique latine, où elle est désormais un partenaire comparable à l'Union européenne. Entre 2007 et 2016 la China Development Bank (CDB) a proposé 160 milliards de dollars à l'Amérique latine, davantage que la Banque interaméricaine de développement et la Banque mondiale !

L'Exim Bank et la China Development Bank financent en effet dans les pays du Sud de grands travaux d'infrastructures, des routes, des ports, des voies ferrées, des barrages, des

31. L'atteinte du ratio de 0,7 % par la Chine signifierait, il est vrai, une aide publique au développement chinoise de l'ordre de 150 milliards de dollars, soit un montant équivalent à celui déclaré par l'ensemble des membres du CAD de l'OCDE !
32. Pour AidData, la Chine a donné ou prêté 350 milliards de dollars entre 2000 et 2014 à 140 pays, soit de l'ordre de 23 milliards de dollars annuels (contre 424 milliards pour les États-Unis).

stades. L'encours de leurs crédits, dont les conditions de taux et de la maturité restent pour l'essentiel inconnues, serait de l'ordre de 800 milliards de dollars fin 2016 et en expansion rapide. Pour la Chine, la coopération économique inclut aussi bien les échanges à caractère non lucratif – dons et financements à taux préférentiel – que les échanges à caractère lucratif – importations et exportations, investissements directs –, tandis que les Occidentaux retiennent une définition beaucoup plus stricte pour qualifier leur coopération au développement.

Enfin, la Chine se présente toujours comme un pays du Sud, leader du monde en développement et de la solidarité Sud-Sud, et le souvenir des messages anti-impérialistes des années 1960 et 1970, quand elle proposait aux pays africains une « troisième voie », n'est jamais loin. Son refus de toute forme d'ingérence et de toutes conditionnalités imposées à l'aide et aux investissements est une mise en cause des institutions multilatérales et des donateurs du Nord. Face aux conditions des donneurs traditionnels – en matière de bonne gouvernance, de droits de l'homme, de préservation de l'environnement ou de soutenabilité de la dette en particulier –, la Chine est longtemps apparue comme une alternative très séduisante, *via* notamment son modèle de zones économiques spéciales qui ont été le moteur de son fulgurant succès industriel et commercial. Des objections nombreuses sont toutefois exprimées depuis plusieurs années, y compris de la part de pays bénéficiaires des financements chinois, au point que le président Xi a dû infléchir significativement son discours à l'occasion du *Belt and Road Forum* d'avril 2019 dont le communiqué final évoque la « *rule of law* », une coopération « open, green and clean », l'intégrité et la lutte contre la corruption et le choix d'« *applicable international norms and standards* ». Une brève mention y figure même sur les « *agreed principles by the UNGA on debt sustainability*[33] ».

Les quatre défis de la politique de développement chinoise

Le premier et principal défi de la politique de développement chinoise est en effet celui de la soutenabilité de la dette. Le problème prend toujours plus d'ampleur à mesure que, décennie après décennie, les prêts souverains des institutions financières chinoises pèsent lourd dans le stock des dettes de certains pays, notamment au Kenya, en Angola, au Congo Brazzaville, à Djibouti, en Éthiopie ou en Zambie, mais aussi de plus en plus dans d'autres pays concernés par les nouvelles routes de la Soie. Le cas du port d'Hambantota, concédé pour quatre-vingt-dix-neuf ans en 2016 à China Merchants Port Holdings, à la suite de difficultés rencontrées par le gouvernement du Sri Lanka pour rembourser le prêt de l'Exim Bank chinoise, a défrayé la chronique. La Chine est également un acteur majeur de la crise au Venezuela, pays auquel elle a prêté plus de 50 milliards de dollars depuis dix ans gagés sur ses exportations de pétrole. Dans les pays en développement fortement endettés, la part de la dette due à la Chine est aujourd'hui de 16 %, selon le think tank CGDEV. De plus, les institutions financières chinoises ne s'intègrent pas encore dans des disciplines collectives en matière de traitement de la dette, qu'il s'agisse de rallongement des délais ou de périodes de grâce, et sont réticentes aux procédures de restructuration. Le manque de transparence des conditions des prêts, la multiplication des contrats et l'intervention parfois non coordonnée de différentes institutions chinoises risquent en

33. Voir https://eng.yidaiyilu.gov.cn/qwyw/rdxw/88230.htm

outre de rendre les conditions de restructuration de ces dettes complexes – d'autant que de nombreux prêts sont gagés sur des livraisons de matières premières ou sur des actifs physiques. Les gouvernements du Nord et leurs institutions financières, qui ont connu le même défi et ont contribué à plonger naguère les pays du Sud dans une crise de la dette, ont su, depuis lors, définir des disciplines et procédures communes au sein du Club de Paris auxquelles nos partenaires émergents gagneraient certainement à adhérer. La Chine a d'ailleurs déjà été conduite dans différents cas à renégocier bilatéralement les conditions de ses prêts, par exemple à Cuba, en Mongolie ou dans de nombreux pays pauvres comme la RDC ou la République centrafricaine.

Le deuxième défi est celui de l'efficacité car la politique de développement est un système complexe en Chine. Trois banques publiques y interviennent, depuis 1994, aux côtés du gouvernement. La China Development Bank (CDB), initialement concentrée sur le territoire chinois avant de s'ouvrir à l'international, est l'une des plus grandes banques du monde avec 2,5 trillions de dollars d'actifs. Elle héberge notamment le China-Africa Development Fund (CADFund), créé en 2007, qui prend des participations dans des sociétés africaines en complément d'entreprises chinoises, et le CDB Development Fund, créé en 2015, qui sert comme plateforme d'investissement « politique » pour soutenir des secteurs économiques jugés particulièrement stratégiques par le gouvernement central. L'Exim Bank est, elle, la banque du commerce extérieur chinois, premier créditeur extérieur avec plus de 500 milliards de dollars d'encours, sous forme de prêts à des conditions préférentielles à l'étranger. Elle détient par exemple 49 % de la dette du Kirghizistan et 36 % de celle du Tadjikistan, et héberge le fonds de la *Belt and Road Initiative* (BRF). Enfin, l'Agricultural Development

Bank of China, avec 3,2 trillions de dollars d'actifs, vient compléter le paysage des banques publiques à vocation nationale et internationale. S'y ajoutent les banques commerciales, publiques et privées, qui financent les exportations des entreprises, et la multitude d'entreprises chinoises qui cherchent des marchés à l'export, aussi bien de grandes entreprises publiques, sous le contrôle du gouvernement, que de nombreuses entreprises privées. Ce paysage institutionnel très complexe a conduit les autorités chinoises à créer, en avril 2018, une agence bilatérale de développement chinoise pour assurer la supervision de la politique de développement du pays entre les différents ministères et les banques publiques, renforcer la planification stratégique et mieux coordonner l'aide extérieure.

Troisième défi, le financement international chinois est pour l'heure réalisé exclusivement en aide dite liée, comme le fut l'aide française jusqu'au début des années 2000, c'est-à-dire que les contrats financés par la Chine ne sont accessibles qu'à des entreprises chinoises, le plus souvent sous forme de projets clés en main, sans mise en concurrence à l'inverse de ce qui est communément pratiqué dans le monde du développement. Les risques de ce type de financements sont bien connus, en particulier des surcoûts de l'ordre de 15 à 30 %, une gestion bureaucratique propice à la corruption et une moindre qualité moyenne des prestations. En Afrique, les entreprises chinoises sont aujourd'hui parfois proches d'une position de monopole dans le secteur de la construction, au point de menacer les entreprises locales elles-mêmes. La place donnée à l'initiative locale et à l'emploi de travailleurs du pays d'intervention apparaît souvent excessivement réduite, sans oublier que l'afflux de produits chinois peut entraver l'industrialisation du continent et la diversification des économies. La question de la qualité des prestations financées de la sorte est également désormais régulièrement soulevée. Dans les opinions en Afrique est même progressivement apparue la critique d'une forme de néocolonialisme chinois.

Le quatrième défi est, partant, celui de la transparence et du respect des normes sociales et environnementales. Comme évoqué précédemment, il manque un *reporting* des financements chinois selon des catégories reconnues internationalement, qui pourraient être celles de l'OCDE – dont la Chine n'est pas membre – ou qui pourraient être définies dans un cadre multilatéral reconnu par les pays émergents, par exemple les Nations unies ou le G20. Le fait même qu'il soit si difficile de connaître exactement le montant de l'aide chinoise nourrit doutes et interrogations. Les projets financés par la Chine à l'étranger sont également régulièrement critiqués pour leurs impacts négatifs sur le climat et sur les populations, faute notamment de prise en compte des standards sociaux et environnementaux dans leur conception et leur mise en œuvre.

Gardons-nous toutefois de donner ici des leçons. Les pays du Nord connaissent très bien ces défis. Dans notre courbe d'apprentissage, nous sommes passés par des étapes comparables. Si le modèle de l'aide au développement sous forme de dons a été autant mis en avant dans les années 1990-2000, c'est parce que les pays aidés s'étaient trouvés englués préalablement dans une crise de la dette dont ils ont mis des décennies à sortir et dont nous étions à l'origine. Après des années de politique de coopération où les aides étaient souvent liées à des achats de produits aux pays donateurs, le déliement est une pratique très récente et encore partiellement inachevée. Les pays du Nord ne sont pas non plus à l'abri, aujourd'hui encore, d'incohérences majeures et critiquables entre leur politique de développement et leurs autres politiques publiques, notamment leur politique commerciale. Alors pourquoi ne chercherions-nous pas avec la Chine les voies d'un dialogue pour progresser collectivement vers l'émergence d'un mode de financement efficace et collectif des ODD et de la lutte contre le changement climatique ?

Coopérer avec la Chine

Si sa pratique soulève de sérieuses questions, reconnaissons aussi que la Chine contribue avec force à renouveler la politique de développement. Le président Xi Jinping en a, du reste, la volonté, comme l'atteste la création du Center for International Knowledge on Development (CIKD) en août 2017, lieu de débat et d'influence dont l'ambition affichée est de changer les théories du développement et de favoriser l'implantation des ODD dans la stratégie chinoise domestique et internationale.

À nos yeux occidentaux, la Chine a adopté la stratégie de Janus au double visage ou plutôt celle de la chauve-souris chez La Fontaine, qui montre tantôt ses ailes pour se faire passer pour un oiseau, tantôt sa peau pour se faire passer pour une souris. Deuxième puissance économique mondiale, elle se présente encore comme un pays en développement, agissant en faveur de ses frères du Sud. Acteur de plus en plus présent dans la résolution des crises politiques, elle affiche pourtant haut et fort les principes de non-conditionnalité de sa coopération avec les pays où elle intervient, principes réaffirmés par le président Xi Jinping en septembre 2018 dans sa « théorie des cinq non » : « Nous poursuivons toujours la pratique des "cinq non" dans nos relations avec l'Afrique, à savoir ne pas s'ingérer dans la recherche par les pays africains d'une voie de développement adaptée à leurs conditions nationales, ne pas s'immiscer dans les affaires intérieures africaines, ne pas imposer notre volonté à l'Afrique, ne pas assortir nos aides à l'Afrique de conditions politiques quelconques, et ne pas poursuivre des intérêts politiques égoïstes dans notre coopération en matière d'investissement et de financement avec l'Afrique. » Au risque d'affaiblir, partout dans le monde, l'État de droit, la démocratie et les libertés publiques.

Mais ceux qui taxent la Chine d'ambiguïté et de double discours passent, à mon sens, à côté de quelque chose d'essentiel. Notre réalité est bien une dualité, une diversité, une fracture qui traverse chacun de nos pays, dont la Chine est sans doute l'expression aujourd'hui la plus outrée, pays émergé, membre du Conseil de sécurité de l'ONU, mais pays confronté également comme aucun autre à la crise environnementale ainsi qu'à la persistance de la grande pauvreté et à l'irruption des inégalités. La réalité d'un monde en transition, en somme.

La Chine a également la très grande force, souvent méconnue, de se montrer toujours favorable au dialogue, dans les deux sens, sur les expériences de développement, avec cette capacité unique qu'ont ses acteurs à repérer puis à siniser les meilleures solutions disponibles. Je me souviendrais longtemps de l'explication détaillée faite par un officiel chinois de la loi française sur les parcs nationaux, au fin fond de la province du Zhejiang, lorsque je visitais le parc de Xianju qui a noué un partenariat avec le parc régional des Ballons des Vosges en France avec l'aide de l'AFD. En se présentant comme un pays en développement, la Chine affirme aussi sa volonté de dialoguer et d'échanger. Elle n'impose aucun modèle unique, ni une intention de rattrapage, et veille à se comporter comme une puissance modeste et non agressive. Inversement et paradoxalement, imaginons une seconde que la Chine ait choisi, comme nous le fîmes longtemps, la pratique de l'aide conditionnelle, liant explicitement son soutien à l'adoption du modèle économique chinois, que ne dirions-nous pas ?

Enfin et sans naïveté aucune, reconnaissons aussi la force des mots d'ordre chinois, notamment les concepts clés de « civilisation écologique », de « communauté de destin partagé pour l'humanité » ou encore de « coopération gagnant-gagnant ». La Chine est probablement aujourd'hui le seul pays qui propose une nouvelle vision de long terme du monde, son organisation et ses valeurs. Depuis son lancement en 2013, je suis frappé de voir tous les grands pays du monde se positionner par rapport à l'initiative des routes de la Soie, ce programme qui ne consiste pas seulement à construire des routes et à ouvrir des débouchés pour les entreprises chinoises, mais qui pourrait aller jusqu'à la coordination des politiques, la réduction des barrières aux échanges commerciaux, voire l'intégration financière, pour consolider la place de la Chine en Asie et, à plus long terme, à intégrer l'Eurasie autour de la Chine face aux États-Unis. Au moment où la vision américaine, longtemps prédominante, est remise en cause et où la vision européenne, qui eut une heure de gloire au début des années 1990, est affaiblie par nos désaccords, la Chine propose un récit pour le monde.

De même, et avant de les dénoncer tout uniment, sans doute faut-il repérer les innovations dans la pratique opérationnelle de la politique de développement chinoise. Le passage du don au prêt puis à l'investissement y est recherché. Tout comme le lien avec le secteur privé et, plus largement, l'orientation vers les acteurs non souverains. Sans oublier une attention à la rapidité dans l'exécution des projets qui constitue un avantage comparatif souvent décisif par rapport aux autres institutions de financement du développement. Bref une approche peut-être parfois plus pragmatique que la nôtre, et dont nous pourrions sans doute essayer de tirer quelques enseignements.

Un dialogue avec les acteurs chinois me semble d'autant plus nécessaire que l'on observe, depuis plusieurs dix ans, l'entrée progressive et régulière de la Chine dans le jeu multilatéral, y compris dans le domaine du développement. La Chine n'est pas membre de l'OCDE et je constate qu'elle prend encore très peu part aux réunions des bailleurs de fonds dans les différents pays où l'AFD intervient. Mais elle est désormais le principal actionnaire de l'AIIB, importante banque d'investissement pour les infrastructures, dont la France est également actionnaire au côté de quatre-vingts autres pays, et qui est dotée de capitaux propres d'un montant équivalent à celui de la Banque mondiale, suit les meilleurs standards internationaux et avec laquelle l'AFD cofinance des projets. La Chine est également entrée avec le statut d'observateur au sein du Club de Paris, le groupe de créanciers publics créé en 1956, dont la présidence et le secrétariat sont assurés par le Trésor français. J'observe également que la China Development Bank (CDB), membre du club IDFC que je préside, participe de plus en plus aux débats, y déclare de façon transparente ses financements pour le climat et a même accepté de faire partie du comité de pilotage restreint de notre groupe. IDFC devient, après le G20 et le Club de Paris, un des nouveaux lieux où la Chine échange et dialogue avec le reste du monde.

Je forme du reste le vœu qu'IDFC soit demain l'une des matrices où la France et la Chine apprennent à mener des projets conjoints. La China Development Bank et l'AFD en ont du reste déjà exprimé la volonté, dans un accord que nous avons signé lors de la visite du président de la République française en Chine en janvier 2018. Nous cherchons actuellement à répondre ensemble à la demande de financement d'un gouvernement qui souhaiterait que la France et la Chine contribuent ensemble à son développement. Il s'agit de trouver un projet acceptable pour les Français et les Chinois, que nous financerions ensemble en suivant le droit des marchés publics et les normes sociales et environnementales du pays où nous interviendrions. Un tel cofinancement constituerait une première mondiale et donnerait un signal clair de coopération. Des discussions avancées ont lieu avec le gouvernement du Sénégal, dont le président, Macky Sall, préside pour cinq ans le Forum sur la coopération sino-africaine (FOCAC), pour financer ensemble un programme d'assainissement bénéfique aux populations de Dakar et exemplaire au plan environnemental. La relation naissante entre l'AFD et la CDB pourrait être ainsi mise au service d'une meilleure compréhension de la Chine au moment où se déploient ses ambitions de long terme.

CONCLUSION

Faire se lever le désir de réconciliation

Nous sommes lancés dans une course, depuis 2015. Globale, locale, urgente, épique. Une course entre forces de fracturation et forces de réconciliation. Une course entre action collective et repli sur soi. Une course entre espoir et abandon. À en perdre haleine. Nul ne sait qui l'emportera mais j'ai résolument choisi le camp de l'espoir.

Une course encore entravée par des représentations du passé qui nous masquent les enjeux et les coalitions de notre monde en commun. On distingue encore pays développés et en développement, avancés et moins avancés. On coupe toujours l'Afrique en deux. On parle trop simplement de Nord et de Sud ; je l'ai fait dans ce livre, faute de mieux, pour situer géographiquement les acteurs et pour distinguer ceux qui, pour l'heure et compte tenu des engagements pris, sont en mesure de transférer des ressources et des techniques pour accompagner les transitions de ceux qui ont encore la possibilité de s'engager sur des trajectoires plus respectueuses de l'environnement et des hommes. Et d'inspirer alors, en retour, nos propres transitions.

À bien y regarder pourtant, nous avons tant d'exemples, tant de projets, souvent modestes mais toujours enthousiasmants, tant d'histoires à raconter et à opposer aux fractures politiques, historiques, environnementales, financières, sociales et territoriales. Des solutions naissent partout dans le monde pour accélérer nos transitions. Des solutions que l'on peut partager, entre pays, entre régions et dans les coalitions internationales qui se structurent et se multiplient depuis quatre ans dans de très nombreux domaines. Une nouvelle gouvernance polylatérale – ni unilatérale, ni bilatérale, ni multilatérale mais tout cela à la fois – émerge, fondée sur des actions très concrètes et associant tous les acteurs de bonne volonté.

C'est, au fond, le puissant message des Objectifs de développement durable des Nations Unies qui se déploie, ébranlant nos catégories et nos certitudes, reliant comme jamais le national et l'international, poussant à l'interdisciplinarité, replaçant au centre les dynamiques territoriales, et appelant à une réorientation massive et rapide des flux financiers vers les investissements de développement durable.

Reste à en faire la théorie et à redéfinir les maximes de notre action collective, sans jamais perdre de vue l'humanité en nous-mêmes et en autrui. Le concept et le principe de « réconciliation » peuvent, j'en suis persuadé, nous y aider. Réconciliation, c'est une autre façon de dire les ODD, plus simple peut-être, plus dynamique aussi. Comme un nouveau mode opératoire de l'action collective, fait de respect de l'autre, de connaissance partagée des faits, de dépassement des contraires, et de changement durable de la réalité des peuples. Un processus, une invention, sans retour jamais vers le passé mais avec toujours le souci du long terme. La réponse à la prise de conscience rapide et universelle que nous vivons tous dans un monde en péril et en commun, où l'entraide est la seule option viable.

Et l'espoir de trouver en nous et dans la coopération internationale les forces et les solutions à partager pour faire face aux menaces du dérèglement climatique, de l'extinction des espèces, des conflits nourris par l'injustice, des pandémies, de l'extrême pauvreté, des inégalités nées de la mondialisation économique et financière et des migrations contraintes.

Reste à s'engager et à regrouper nos forces, surtout. Chacun d'entre nous, là où nous vivons et agissons : les institutions internationales, qui doivent toutes aligner leurs stratégies et leurs actions sur les ODD et l'Accord de Paris ; les gouvernements et autres acteurs publics qui doivent définir des trajectoires de long terme de développement durable, bas carbone, résilient et pronature, et mettre en place les incitations réglementaires et financières pour orienter tous les acteurs ; les entreprises qui doivent se saisir d'urgence de l'unique grammaire commune que constituent les ODD, jusqu'en 2030 et probablement 2050, et investir dans la neutralité carbone et la prospérité de tous ; les citoyens enfin, de tous âges et regroupés en multitudes d'associations, qui, en militant, en votant et en changeant de comportement dans leur vie quotidienne, accéléreront encore l'indispensable mouvement. Et susciteront le désir de réconciliation.

*

*   *

Ce grand mouvement, les Français l'ont compris. Ils ont, selon les sondages successifs[34], une conscience très claire – marquée d'effroi, aussi – des enjeux globaux et sont lucides quant à l'interdépendance qui prévaut dans la mondialisation : deux

34. Voir https://www.afd.fr/fr/barometre-afd-csa-2019-francais-et-politique-d-aide-au-developpement

tiers des Français pensent que dans les dix ans à venir, ce qui se passera dans les pays du Sud aura un impact direct sur leur vie en France. Pour 88 % d'entre eux, tous les pays, du Nord comme du Sud, doivent faire leur transition vers des modèles de vie plus durables. 50 % estiment que la lutte contre les inégalités et la lutte pour la protection de l'environnement sont indissociables. Près d'un Français sur deux a même « entendu parler » des ODD !

En conséquence, 93 % de nos compatriotes souhaitent s'engager plus fortement dans des actions de solidarité concrètes, principalement au niveau local mais aussi au niveau international pour 69 % des moins de 25 ans. Les ONG (53 %), les citoyens eux-mêmes (45 %) puis les organisations internationales (45 %) leur semblent les mieux à même de contribuer à changer le monde positivement. 72 % estiment que les réponses aux défis du monde doivent impliquer tous les pays et que les solutions doivent être partagées.

Les Français expriment aussi leur souhait de disposer ici d'une capacité d'action publique et soutiennent de façon croissante la politique de développement. En 2019, 79 % des Français sont favorables à ce que notre pays apporte un soutien aux pays en développement, en hausse de 17 points par rapport à 2014, et de 9 points cette dernière année. 80 % d'entre eux se disent fiers que la France agisse pour le développement et convaincus que l'action de développement contribue à rendre le monde plus juste et durable. Ils sont aussi nombreux à penser que l'action de développement est la meilleure réponse aux migrations forcées en Europe. Pour la première fois en 2019, 67 % des Français souhaitent même que les moyens consacrés à la politique de développement augmentent.

Il est essentiel que ce désir, ces attentes s'expriment et soient entendus. Le président de la République l'a compris en s'engageant à donner « à notre politique d'aide au développement une ambition nouvelle et en en faisant une véritable politique d'investissement solidaire [...] dans la poursuite des Objectifs de développement durable des Nations unies. Pour être à la hauteur de ces objectifs, j'ai décidé que notre nouvelle politique bénéficierait de moyens accrus, après une longue période de baisse, pour atteindre 0,55 % du revenu national brut en 2022. Mais [...] les moyens financiers à eux seuls ne sont pas suffisants. C'est une nouvelle méthode qui est nécessaire, à la fois en France et chez nos partenaires [...], une nouvelle dimension partenariale sera mise en place pour mieux associer la société civile, la jeunesse, les entreprises, les diasporas. Cela implique d'agir au plus près du terrain, une politique ambitieuse d'évaluation pour suivre les résultats de cette aide en toute transparence et des réorganisations profondes conduites autour de l'AFD[35] ».

Beaucoup reste à faire pour mettre notre pays en coopération, puisque ces affaires, décidément, ne nous sont pas « étrangères ». 77 % des Français s'estiment encore mal informés sur la politique de développement. Il y a aujourd'hui un enjeu majeur à expliquer très concrètement en France, dans tous nos territoires, que les liens que nous nouons avec le reste du monde les concernent et sont autant de réponses constructives aux menaces qu'ils perçoivent et aux angoisses qu'ils éprouvent. Un enjeu à leur expliquer aussi que la coopération n'est pas l'affaire de seuls professionnels, mais peut nous engager tous. Un enjeu à les emmener surtout dans un grand récit tissant les fils mul-

35. Discours du président de la République à la conférence des ambassadeurs, 27 août 2018.

tiples, qui les entourent et les désorientent souvent, entre la France et le monde. Parce que ces affaires ne nous sont pas étrangères et qu'on ne peut plus dissocier le national et l'international.

Il faut faire se lever le désir de réconciliation dans notre pays, au service du développement durable, de la construction de solutions partagées et pour plus de justice. En allant chercher et mobiliser tous ceux qui ont ce désir, qui souhaitent en débattre et coconstruire une politique de développement profondément renouvelée. En élargissant son auditoire, pour s'assurer que tous les acteurs « en mission du monde », selon le beau mot de Soumeylou Boubèye Maïga, l'ancien Premier ministre du Mali, soient informés, accueillis et mobilisés. Je pense en particulier aux outils de l'engagement volontaire de notre jeunesse qu'il faut d'urgence revivifier.

Les conditions requises pour y parvenir sont connues. Beaucoup de leadership politique, bien sûr, l'implication de la société civile et une communication régulière sont des conditions de succès essentielles[36], au service d'un récit puissant qui puise loin et résonne fort dans l'histoire de notre pays – comme c'est le cas de la sécurité nationale aux États-Unis, de la lutte contre l'extrême pauvreté pour les Britanniques et de la responsabilité morale en Allemagne.

Je rêve aussi, pour incarner cette politique, d'une cité du développement, ouverte à tous ceux que l'action collective anime, au cœur d'un réseau d'institutions, toutes au service

36. Voir la typologie proposée par Henry de Cazotte dans son beau rapport, « Chercher l'accord sur l'aide publique au développement. Royaume-Uni, Allemagne et États-Unis », https://www.afd.fr/sites/afd/files/2017-09/chercher-accord-aide-publique-developpement.pdf

des ODD, qui ferait de Paris la capitale apprenante[37] du développement durable, de son enseignement et de son financement, quadrillant notre espace et fédérant des lieux multiples et divers, de la mairie de Paris à l'OCDE et à la Chambre de commerce internationale en passant par Paris Europlace, l'UNESCO, l'OIF ou encore les bureaux parisiens du FMI et de la Banque mondiale. Et en poussant ce projet jusqu'au monde de la recherche, jusqu'au Centre de recherche interdisciplinaire, au Muséum d'histoire naturelle ou au Jardin tropical du bois de Vincennes, là où s'invente la science du développement durable.

J'espère par ce livre et par mon action chaque jour à la tête de l'AFD, avec tous mes collègues, contribuer, à notre place, à renforcer ce consensus politique et citoyen en train d'émerger. Et faire de la politique de développement une politique de la réconciliation.

37. Voir François Taddei, *Apprendre au XXIe siècle*, Calmann Levy, 2018.

ANNEXE

Les Objectifs de développement durable (ODD)

Extrait du site officiel de l'ONU : www.un.org/sustainable development/fr/objectifs-de-developpement-durable/

« 17 objectifs pour sauver le monde
Les Objectifs de développement durable nous donnent la marche à suivre pour parvenir à un avenir meilleur et plus durable pour tous. Ils répondent aux défis mondiaux auxquels nous sommes confrontés, notamment ceux liés à la pauvreté, aux inégalités, au climat, à la dégradation de l'environnement, à la prospérité, à la paix et à la justice. Les objectifs sont interconnectés et, pour ne laisser personne de côté, il est important d'atteindre chacun d'entre eux, et chacune de leurs cibles, d'ici à 2030.

OBJECTIF 1 :

Pas de pauvreté.

La croissance économique doit être partagée pour
créer des emplois durables et promouvoir l'égalité.

OBJECTIF 2 :

Faim « zéro ».

Le secteur de l'alimentation et de l'agriculture offre des solutions clés pour le développement, et il est au cœur de l'éradication de la faim et de la pauvreté.

OBJECTIF 3 :

Bonne santé et bien-être.

Donner les moyens de vivre une vie saine et promouvoir le bien-être de tous à tous les âges sont essentiels pour le développement durable.

OBJECTIF 4 :

Éducation de qualité.

Obtenir une éducation de qualité est le fondement pour améliorer la vie des gens et le développement durable.

OBJECTIF 5 :

Égalité entre les sexes.

L'égalité des sexes n'est pas seulement un droit fondamental de la personne, mais aussi un fondement nécessaire pour l'instauration d'un monde pacifique, prospère et durable.

OBJECTIF 6 :

Eau propre et assainissement.

Une eau propre et accessible pour tous est un élément essentiel du monde dans lequel nous voulons vivre.

OBJECTIF 7 :

Énergie propre et d'un coût abordable.

L'énergie durable est une opportunité pour transformer les vies, les économies et la planète.

OBJECTIF 8 :

Travail décent et croissance économique.
Nous devons revoir et réorganiser nos politiques économiques et sociales visant à éliminer complètement la pauvreté.

OBJECTIF 9 :

Industrie, innovation et infrastructure.
Les investissements dans l'infrastructure sont essentiels pour parvenir au développement durable.

OBJECTIF 10 :

Inégalités réduites.
Réduire les inégalités dans les pays et d'un pays à l'autre.

OBJECTIF 11 :

Villes et communautés durables.
L'avenir que nous voulons comprend des villes qui offrent à tous de grandes possibilités.

OBJECTIF 12 :

Consommation et productions responsables.
La consommation et la production durables visent à "faire plus et mieux avec moins".

OBJECTIF 13 :

Mesures relatives à la lutte contre les changements climatiques.
La lutte contre le réchauffement climatique est devenue un élément indissociable de la réalisation du développement.

OBJECTIF 14 :

Vie aquatique.

La gestion prudente de nos océans et mers est vitale pour un avenir durable.

OBJECTIF 15 :

Vie terrestre.

La déforestation et la désertification posent des défis majeurs au développement durable.

OBJECTIF 16 :

Paix, justice et institutions efficaces.

Promotion de sociétés pacifiques et inclusives, accès à la justice pour tous et renforcement des institutions responsables et efficaces à tous les niveaux.

OBJECTIF 17 :

Partenariats pour la réalisation des objectifs.

Des partenariats inclusifs construits sur des principes et des valeurs, une vision commune et des objectifs communs sont nécessaires. »

Remerciements

Je tiens à remercier toutes et tous mes collègues de l'Agence française de développement (AFD), cette grande maison de notre République, forte depuis le 2 décembre 1941 de sa diversité, de ses compétences, de son engagement et de son respect de l'Autre. Votre action quotidienne, rigoureuse et engagée, est la source vivante de ce livre.

Avec une mention particulière pour Alexis, Audrey, Bertrand, Blaise, Charles, François, Isabelle, Jérémie, Laure, Mathilde, Muriel, Olivier, Philippe, Safia, Thomas, Tristan et Vanessa qui ont pris le temps de relire cet essai pour qu'il exprime au mieux notre aventure collective au service du développement durable.

Merci également à mes amis Ngozi Okonjo-Iweala et Oumar Tatam Ly pour leurs conseils précieux et bienveillants.

Merci à tous.

TABLE DES MATIÈRES

LES AUTEURS
DES ÉDITIONS DÉBATS PUBLICS

*

Yaële Aferiat,
Directrice de l'Association française des Fundraisers

Jean-Philippe Aka,
Fondateur d'Africa Art Market Today

Hervé Amar,
Président d'Ayming

Antoine Amiel,
Co-fondateur de LearnAssembly

Julien Artu,
Co-fondateur de My Hospi Friends

Jacques Attali,
Ancien conseiller spécial de François Mitterand

André-Jacques Auberton-Hervé,
Fondateur et président de Soitec

Fanny Auger,
Fondatrice de The School of Life

Bertrand Badré,
Président de Blue Like an Orange Sustainable Capital

Hector Balas,
Co-fondateur et dirigeant d'Impala

Jérôme Ballarin,
Président de l'Observatoire de la parentalité en entreprise

Marie Barrot,
Fondatrice d'AIM prod

Anne-Sophie Beauvais,
Directrice générale de Sciences Po Alumni

Salomé Berlioux,
Fondatrice de Chemins d'avenirs

Philip Blond,
Fondateur de ResPublica

Bruno Bonnell,
Président de l'EM Lyon Business School

Jean-Marc Borello,
Président du groupe SOS

Valence Borgia,
Co-fondatrice de la Fondation des Femmes

Grégoire Borst,
Professeur de psychologie du développement et de neurosciences cognitives de l'éducation à l'Université Paris-Descartes

Vanessa Boudin-Lestienne,
Fondatrice de The Social Client

Kevin Bourgeois,
Co-fondateur de Supermood

Anne Bourrassé, Cyril Quenet et Camille Zonca,
Co-fondateurs de Label Famille

Nicolas Bouzou,
Fondateur d'Asterès

Tamara Brisk,
Fondatrice de Mokki

Franck Bruel,
Directeur général adjoint d'Engie

Jean-Martial Buisson,
Avocat associé chez Fromont Briens

Moussa Camara,
Président-fondateur de l'association Les Déterminés

Robert Cantarella,
Co-directeur du Centquatre

Carolyn Carlson,
Danseuse, chorégraphe, poétesse

Louis Champion,
Directeur général de Stallergenes

Julie Chapon,
Co-fondatrice de Yuka

Thibaut Charmeil,
Directeur général France du Groupe Ayming

Xavier Charpentier,
Co-fondateur de FreeThinking

Jean-Louis Chaussade,
Directeur général de Suez Environnement

Mathieu Cornieti,
Président d'Impact Partenaires

Anne-Marie Couderc,
Directrice générale de Presstalis

Moano Dadou,
Fondateur de Refuhelp

Amy Dahan,
Directrice de recherche au CNRS

Julie Dautel,
Co-fondatrice d'EONEF

François Davy,
Président du groupe Adecco

David De Faria,
Directeur Pôle Enfance

Maxime Delmotte,
Co-fondateur de Panopli

Maxime Delmotte,
Co-fondateur de Balibart

Jean-Philippe Derosier,
Professeur de droit public
à l'Université de Lille II
– Droit & Santé

Tanguy Desandre
et Marine Desandre,
Fondateurs de
maplaceencrèche

Jean-Luc Domenach,
Créateur de l'université Tsinghua

Laurence Drake,
Déléguée générale
d'InPACT-Initiative

Mathieu Duquesne,
Directeur de la stratégie
de SNCF Logistics

Jean-Loup Durousset,
Président de la Fédération
de l'hospitalisation

Béatrice Eastham,
Fondatrice et directrice de Green
Evénements & Evénements 3.0

Caroline Eliacheff,
Docteur en médecine,
psychanalyste et pédopsychiatre

Paola Fabiani,
Présidente de Wisecom

Domitille Fafin,
Directrice des relations
institutionnelles et de la
communication de Shell

Frédéric Fisbach,
Co-directeur du Centquatre

Hubert Flichy,
Senior counsel au cabinet
Flichy-Grangé Avocats

Françoise Forette,
Directrice d'ILC-France

Jean-Baptiste de Froment,
Conseiller Education
de Nicolas Sarkozy à L'Elysée

Sophie Gaillet,
Fondatrice de Grand-Mercredi

Marianne Gallardo,
Project leader et research
engineer chez ENGIE

Cristina Garmendia,
Présidente de la Fundación
España Constitucional

Pierre Gattaz,
Président du MEDEF

Marie Georges,
Présidente de Willa,
ex-Paris Pionnières

David Gordon-Krief,
Associé UGGC Avocats

Anne-Sophie Grouchka,
Directrice relations et solutions clients chez Allianz

Khamsa Habouchi,
Directrice adjointe du Centre Virchow-Villermé

Nicolas Hazard,
Fondateur d'INCO

Anne Hidalgo,
Maire de Paris

Tarek S. Hosni,
Directeur général d'Alvarez & Marsal

Sarah Huisman-Coridian,
Associée-fondatrice et directrice générale d'Equanity

Thierry Jadot,
Président de Dentsu Aegis Network France

Patrick Jeantet,
Président directeur général de SNCF Réseau

Marcel Kahn,
Directeur général du groupe MACSF

F. W. de Klerk,
Prix Nobel de la Paix 1993

Guillaume Klossa,
Fondateur d'Europa Nova

Gaspard Koenig,
Fondateur du think tank GenerationLibre

Alain Krakovitch,
Directeur de SNCF Transilien

Arnaud de Lacoste,
Directeur général d'Acticall Sitel

Ingrid Lamri,
Project director chez Engie

Véronique Langlois,
Co-fondatrice de FreeThinking

Frédéric Latrobe,
Associé cabinet Tilder

Jean-Yves Le Gall,
Président du Centre national d'études spatiales

Fabrice Le Saché,
Fondateur d'Aera

Philippe Lemoine,
Président de la Fondation Internet nouvelle génération

Philippe Lentschener,
Président de Publicis France

Matthias Leridon,
Président-fondateur de Tilder

Enrico Letta,
Doyen de l'École des affaires internationales de Sciences Po

Aude Letty,
Directrice Innovation Santé et déléguée générale de l'Institut du Bien Vieillir chez Korian

Marina Maestrutti,
Maitresse de conférences en sociologie Université Paris 1 Panthéon-Sorbonne, CETCOPRA

Angèle Malâtre-Lansac,
Directrice déléguée à la santé à l'Institut Montaigne

Pierre-Alain de Malleray,
Directeur général du groupe Santiane

Emma Marcegaglia,
Présidente d'Eni

Michel Mathieu,
Directeur général de LCL

Dominique Méda,
Directrice de l'Irisso

Bruno Mettling,
Président de Orange Africa & Middle East

Fatiha Mlati,
Directrice de l'intégration chez France Terre d'Asile

Jean-Paul Mochet,
Directeur général de franprix

Dominique Mockly,
Président de Teréga

Gregory Mollet-Vieville et Romain Rainault,
Créateurs de CYD

Filippo Monteleone,
Directeur général délégué du Groupe Générale de Santé

Aurélie Motta-Rivey,
Vice-présidente de l'AFNU

Antoine Motte,
Créateur de Constructions-3D

Claude Nahon,
Directrice du développement durable et de l'environnement au sein du groupe EDF

Séverin Naudet,
Fondateur et global CEO de Socialyse

Haiba Ouaissi,
Co-fondateur de la plate-forme Lecontratdetravail.com

Amélie Oudéa-Castera,
Directrice marketing et digital du groupe AXA

Emmanuel Petiot,
Directeur général de Deinove

Céline Peudenier,
Directrice générale Commerce & Services du Groupe SOS

Fabien Piazzon,
Associé qualité de vie au travail chez Ayming

Alain Picard,
Directeur général de
SNCF Logistics

François Pignol,
Directeur Grands comptes
Luxe chez Google Paris

Laurie Pilo,
Directrice générale
d'Ayming Benelux

Olivier Poivre d'Arvor,
Ambassadeur de France
en Tunisie

Célia Poncelin,
Fondatrice de Lunetist

Philippe Pouletty,
Co-fondateur de
Truffle Capital

Pierre Rabhi,
Créateur du mouvement Colibris

Raymond Redding,
Directeur général du
Courrier de La Poste

Hugues Renson,
Vice-président de
l'Assemblée nationale

Sandra Rey,
Fondatrice de Glowee

Stéphane Richard,
Président directeur
général d'Orange

Anne Rigail,
Directrice générale d'Air France

Robin Rivaton,
Directeur général de
l'agence d'attractivité de
la région Ile-de-France

Patrick Ropert,
Directeur général de SNCF
Gares & Connexions

Père Matthieu Rougé,
Docteur en théologie

Nicolas Rousselet,
Président de G7, ADA
et Homebox

Cédric Sanial,
Agriculteur en Haute-Loire

Michel Sapin,
Ministre des Finances et
des Comptes publics

Marie-Laure Sauty De Chalon,
Présidente de Carat

Wolfgang Schäuble,
Ministre fédéral des Finances

Olivier Schwartz,
Directeur de l'unité de
recherche Virus et Immunité
à l'Institut Pasteur

Hervé Seck,
Chef de projet chez Diambars

Olivier Sibony,
Associé McKinsey

Victor Simon,
Président de WorldSkills
France Champions

Alvaro de Soto,
Professeur à l'École
d'affaires internationales
de Sciences-Po Paris

Albert Toikeusse Mabri,
Ministre des Affaires étrangères
de la République de Côte d'Ivoire

Marie Trellu-Kane,
Présidente-fondatrice d'Unis-Cité

Agnès Verdier-Molinié,
Directrice de la Fondation IFRAP

Augustin Verlinde,
Fondateur de Frizbiz

Gilles Vermot Desroches,
Directeur Développement
durable de Schneider Electric

Daniel Vervloet,
Président de la FFAL

Martin Vial,
Directeur général
d'Europ Assistance

Frédéric Vincent,
Président de Nexans

Jean-Pierre Wiedmer,
Président de HSBC Assurances

Composition et mise en pages
Nord Compo à Villeneuve-d'Ascq

ISBN : 978-2-37509-064-0
Achevé d'imprimer en France
par NRI s.a.s. 61250 Lonrai
N° d'impression : 1902933
Dépôt légal : juin 2019